2026
신춘문예 당선시집

문학마을

2026
신춘문예 당선시집

시 : 김남주 권라율 이형초 성유림 유주연
박은우 김유진 강하라 연우 사강은

시조 : 김순호 이복렬 이수빈

『2026 신춘문예 당선시집』을 펴내며
– 시의 향기가 널리 멀리 퍼져 나가길

　시인은 만들어지는 게 아니라 태어나는 것이라는 말이 있습니다. 사람의 탄생이 자신의 뜻대로 되는 게 아니듯 시인의 탄생도 자신의 힘으로 이루어지는 것이 아니라는 말이겠습니다. 예로부터 시인을 지망한 이들은 많았지만, 그 모두가 시인이 되지는 못했던 것은 어쩌면 시의 신(神)을 인력으로 통제할 수 없었기 때문이라 하겠습니다. 그러므로 '되고 싶다고 해서 될 수 있는 것도 아니고, 벗어나고 싶다고 해서 벗어날 수 있는 것도 아니다'는 시단의 금언은 참으로 옳다고 하겠습니다.

　오늘날 한국에서 시인이 되는 길은 예전보다 다양해지고 많아졌습니다만, 여전히 신춘문예 당선은 난공불락의 철옹성처럼 어렵습니다. 뛰어난 시재를 가진 많은 이들이 도전했으나, 당선의 영예를 얻은 분은 극소수에 불과했습니다. 그만큼 시의 신을 영접하는 일은 아무에게나 허락되는 일이 아니었습니다. 그래서 시인을 열망하는 이들은 『신춘문예 당선시집』에 담긴 올해의 당선작과 심사평을 읽으며 간절한 마음으로 내년의 시신(詩神)을 기다렸습니다.

『2026 신춘문예 당선시집』에는 국내 주요 일간지 신춘문예 시, 시조 당선자들의 당선작과 신작시 2편을 수록했습니다. 또 당선소감과 심사평도 실었습니다. 오래도록 시인이 되기를 염원하는 많은 이들에게 큰 길잡이가 되어 준 이 책이 앞으로도 그 역할을 다할 수 있도록 노력했습니다. 수록작들은 저마다 다른 색조를 지녔을지언정 인간에 대한 사랑과 이해에는 차이가 없습니다. 부디 시인을 꿈꾸는 모든 이들에게 시의 신이 강림해 주시기를 빌며, 독자들은 이 책을 통해 마음의 휴식과 위안을 누리시길 소망합니다.

문학마을 인문도서 기획위원회

김재홍(집필)·황유지·전철희

2026 신춘문예 당선시집 **차례**

004 ⋯ **서문**

시

013 ⋯ **경향신문 김남주 졸업반**

    신작시　꽃을 보려고 다가갔다가 CCTV와 눈이 마주쳤다 /
　　　　나는 나보다 오래 살고 싶어
    당선소감　시를 사랑해 시인의 이름을 주신 부모님께 드립니다
    심사평　리듬·생동감, 읽을수록 또 읽고 싶게 만드는 힘

027 ⋯ **광주일보 권라율 파도의 감정**

    신작시　수업 / 옆집
    당선소감　권라율
    심사평　김중일 시인(광주대 문예창작학과 교수)

043 ⋯ **동아일보 이형초 디아스포라**

    신작시　그냥 걷기로 해 / 달걀과 빛
    당선소감　잘 쓸 자신은 없어도 포기 안 할 자신 있어 ⋯ 멈추지 않겠다
    심사평　숙련된 솜씨로 역사적 상상력에 시적 사유 버무려

057 ⋯ **매일신문 성유림 물왕 저수지**

    신작시　백색 소음 / 브륵샤사나
    당선소감　성유림
    심사평　정끝별, 장석남, 조용미, 신용목(글)

069 ··· **문화일보 유주연 가뭄**

신작시 　 사막 / 소곤거리지만...
당선소감 　 시가 주는 '투명한 부끄러움' ··· 시를 외면하지 못하게끔 해
심사평 　 기후 위기에 경각심 주는 시 ··· 긴 여운과 정교한 묘사 빼어나

081 ··· **부산일보 박은우 셰어 하우스**

신작시 　 심우주 - 사춘기 / 아주 보통의 하루
당선소감 　 "시집 속 그리운 마녀" 드디어 생긴 문
심사평 　 뿌리뽑힌 현대인, 그 존재 방식 표현

093 ··· **서울신문 김유진 묘사의 밀도**

신작시 　 사건 / 방학
당선소감 　 지옥 같은 곳 ··· 열심히 딴생각해서 된 詩
심사평 　 긴장·서정성 ··· 보이지 않던 것 느끼게 해

109 ··· **세계일보 강하라 크린토피아**

신작시 　 살기의 문법 / 터전
당선소감 　 "평생 짝사랑한 詩, 마침내 손을 맞잡다"
심사평 　 "인간 실존의 난경 은유해가는 필치 감탄"

123 ··· **조선일보 연우 조금 늦었지만 괜찮아**

　　　신작시　　괄호 / 한 번만 더
　　　당선소감　슬픔을 비눗방울로 빚는다 ··· 그 터진 부산물이 내 詩다
　　　심사평　　독자의 마음을 '간섭'하고 '주변'을 만들기를 기대

139 ··· **한국일보 사강은 고해성사**

　　　신작시　　모노드라마 / 로드킬 스테이션
　　　당선소감　이제는 기대를 기대답게, 사랑으로 나는 걷고 싶다
　　　심사평　　"개인적 고뇌와 사회적 문제 중첩··· 한층 입체성 띤 사유"

시조

155 ⋯ 동아일보 김순호 꽃이 된 글씨체

신작시　　비의 발자국 / 그 구둣방의 대화법
당선소감　천년 흘러온 문학의 강줄기에 물 한 방울 되도록 노력
심사평　　수틀에 앉힌 내간체의 그림 같은 작품

163 ⋯ 서울신문 이복렬 1인칭의 저녁

신작시　　물 한 그릇의 사유 / 재개발지구
당선소감　포기 안 한 집념의 시간에 대한 하늘의 감응
심사평　　긴 호흡 속에 서사 구성하는 능력 보여줘

171 ⋯ 조선일보 이수빈 프랙털

신작시　　이사금 / 피노키오
당선소감　"아직 써야 할 문장이 있다" 그 외침이 여기로 이끌어
심사평　　간명한 언어들로 밀도 높은 정형 구축 ⋯ 발랄한 개성 돋보여

2026
신춘문예
당선시집

시

졸업반

김남주

1995년 출생
계명대학교 문예창작학과 졸업
명지대 문예창작학과 석사 졸업
2026년 『경향신문 신춘문예』 시 부문 당선

namju0907@naver.com

졸업반

우리는 술에 취해 무궁화 무궁화
흙바닥에 선을 죽 그어놓고

꽃이 피었습니다

내가 술래,
무궁화는커녕 나무 하나 없는 운동장에서

너희들은 내게 다가온다 한 발 두 발
시치미를 떼며

나는 노래를 부른다 전주도 후렴도 없는 첫 소절이 마지
막 소절인

그러니까 반복해서 불러야 해 노래가 끝나지 않도록 놀이
가 끝나지 않도록 한 소절이 노래의 전부가 되지 않도록 노래
보다는 구호에 가까운 한 문장을

우리는 집에 들어가지 않는다
집 안에는 우리가 없다

무궁화 꽃이 피었습니다

등 뒤의 인기척
무엇인가 오고 있다
손가락과 손가락이 끊어지는 서늘함

우리들은 달린다
우리가 그어놓은 출발선을 향해

저기서부터 출발이야,
몇 번이고 뒤를 돌아보는

울지 마 울지 마 우리를 괴롭히는 사람들을 모두 혼내주자
그게 설령 우리를 낳아준 사람이라도

이 도시는 깨끗해서 외롭고

무엇인가 오고 있어

쉴 틈 없이 쏟아지는 재난 경보 문자들
일기예보처럼 읽어내는 재난 말고

고개를 돌릴 때마다 선명해지는
나를 웃기기 위한 해괴한 표정과 자세 말고

뒷덜미에 울리는 숨소리
과장된 웃음소리

오고 있어,
무궁하고 무진하고 꽃 같은 것들이

꽃을 보려고 다가갔다가
CCTV와 눈이 마주쳤다

나는 녹화되는 중이다
아무도 보지 않는 화면 속에 내가 있다
영상이 돌아가고 나는 걸어가고 영상이 돌아가고 내가 픽
쓰러진다

미동 없는 몸뚱이가
바람에 머리카락이 흩날리는 장면이
녹화된다

끊임없이 맥락도 결말도 없이 사람들이 웃고 울고 노래를
부르다가 싸우고 화해하고 아무 데나 누워서 잠을 자는
베지테리언 식당과 고깃집이 서로 무관하게 개업하는

절정도 관객도 없는 영상들이

보여줄 거야
어디선가 날아와 뒤통수를 갈기는 불행을
저장해 줄 거야

나는 이해한다 불현듯 솟아오르는 나의 불확실성을
한 대만 쳤으면 딱 한 대만 쳐봤으면

나는 나를 이해하기 위해 나를 기록하고
쓰러트리고 세우고 밀치고 일으키고 화면을 바라보고 바라
보다 나를 고치고 고치다가 끝끝내 고치지 못하는 것을

이해한다

씨씨티비는 고정된 각도로 가만히 있다 꽃은 해를 향해 자
라난다 씨씨티비의 전선을 감고 화면을 가린 채 앞으로도 자
랄 것이다 씨씨티비와 무관하게 자라나다가 천천히 시들 것
이다 해를 향해 뻗은 줄기만 남아 있더라도 씨씨티비는 돌
아가고

무엇이든 기록해야 한다면

화면을 가득 채운 이파리들 그 안에 꿈쩍하지 않는 눈동자
가 결말도 없이

나는 나보다 오래 살고 싶어

그러니까 나는 옥상 난간에 걸터앉아,
뛰고 싶어
날고 싶어
숨 쉬고 싶어

내가 나보다 늦게 죽는다면

큰 소리로 우하하 웃어보고 싶어
완전히 깨어 있고 싶어 영원히 자고 싶어
돋아난 꼬리가
자는 동안의 이불을 틈틈이 덮어줬으면 좋겠어

바다를 향해 걸어가
발끝부터 천천히 젖어갔으면, 물속에서 산책을 하면서
숨을 쉬지 않아도 숨을 쉴 수 있다면
파도에 밀려 다시는 육지로 돌아오지 않았으면
내가 나보다 오래 살 수 있다면

(그런데 나는 왜 옥상 난간에 앉아 사람들을 훔쳐보는 걸

멈출 수 없을까)

내 핏줄들이 오래 구운 쇠고기처럼 질겨졌으면 좋겠어
핏줄들 죄다 모아 뜨개질해 당신들 목에 둘러주고
나를 얼마나 사랑하는지 묻고 싶어

연못 속 잉어들,

너를 가둔 사람이 주인이니
먹이를 주는 사람이 주인이니
내 살들을 연하게 찢어 던져주고 싶어

나를 아무리 먹어 치워도 내가 산더미처럼 쌓일까 봐

뼛조각들 반듯하게 깎아내어
이게 내가 가진 전부예요, 대접하고 싶어

내 피부가 투명해지고 내장이 네온사인처럼 반짝인다면
온몸이 램프처럼 빛난다면

나는 내 몸 하나 손에 들고 동굴의 끝을 보러 가야지
고래의 뱃속에서 맨손으로 불을 켜는 법을 연습해야지

여름이 오면 초록 갈대밭 속으로 들어가야지
그 갈대밭에 갇혀 함께 흔들려야지, 좋은 풀 소리를 내는
동안
누구에게도 들려주지 않아야지
작은 불씨에도 쉽게 타버려야지

벼랑 끝에서 수백 번 미끄러져야지, 온종일 추락하며
마음껏 비명을 질러야지
머리카락 한 올까지 공중으로 치솟을 수 있도록

내 뼈가 뜨거운 쇠창살같이 휘어질 수 있도록
기어이, 태어날 수 있도록

시를 사랑해 시인의 이름을 주신 부모님께 드립니다

어떤 날엔 훌쩍 떠나고 싶었고, 또 어떤 날엔 풀썩 주저앉고 싶었어요. 그러나 그건 언제나 마음일 뿐이었고, 저는 오늘도 착실히 퇴근을 하고 집으로 돌아왔습니다.

할 일이 있거든요.

시는 그렇게 제 일상을 지켜주었습니다. 지도처럼, 오늘 할 일과 가야 할 방향을 알려 주었습니다.

당선 연락을 받은 날, 믿을 수 없는 기쁨과 스스로가 미덥지 못한 걱정이 뒤섞여 잠을 이루지 못했습니다. 그럼에도 분명한 마음으로 최선을 다짐하고 있어요. 이 글을 쓰는 지금만큼은 걱정을 도려내고, 기쁨만을 윤이 나게 닦고 싶어요.

당신께 드리려고요.

오늘의 기쁨은 처음부터 제 것이 아니었을지도 몰라요. 장옥관 교수님, 김민정 선생님을 비롯한 계명대, 명지대 교수님들이 메마른 화분에 매일 물을 주듯 저를 가르치셨습니다.

글치레 아이들, 가족과 다름없는 친구들과 문우들, 그리고 사랑하는 나의 진돗개가 끝까지 제 곁에 있었습니다.

제게 처음 시를 알려주신 건 부모님이었어요. 김남주 시인을 사랑해서 남주라고 제 이름을 지었고, 어린 제 손을 잡고 도서관으로 향했습니다. 어떠한 가난에도 악착같이 일을 하며, 딸을 대학원까지 보냈습니다.

저는 한 번도 혼자서 글을 쓴 적이 없어요.

저에게서 가능성을 발견해 주시고 용기를 주신 심사위원님들께 깊은 감사를 드립니다.

절친한 나의 몸에게는 사랑과 증오를 드리고요.

삶의 노래가 되어준 문학에게, 제가 가진 것 중 가장 낡은 동경을 바칩니다.
못난 나의 언어를 드려요.

받아주신다면 저는 기쁠 거예요.

리듬·생동감, 읽을수록
또 읽고 싶게 만드는 힘

한 명의 시인을 처음 만나는 일은 그간 함께한 시인들을 다시금 한 번씩 떠올리게 하는 계기가 됩니다.

문학과 문학적인 것. 시와 시적인 것. 미학과 미학적인 것. 우리가 서로 딛어온 영토를 재확인하고 흐릿해진 경계선을 다시 그어봅니다. 물론 이러한 과정이 우리를 우리에 가두는 꼴이 되어서는 안 된다는 사실을 상기합니다. 그러므로 모범과 안주보다는 비행과 탈주에 더 많은 마음을 들입니다. 높고 튼튼한 담장보다는 활짝 열리는 문을 기대합니다. 2026년 경향신문 신춘문예 시 부문 심사에 임한 4인은 이와 같은 태도로 6000편에 이르는 작품을 살폈습니다.

정독과 토론 끝에 심사위원은 총 6인의 작품을 두고 숙고의 시간을 가졌습니다.

'소년, 장발장' 외 4편은 내면과 현실의 간극을 아름다운 낙차로 그려내고 있었습니다. 다만 필요한 진술과 필요하지도 불필요하지도 않은 진술, 그리고 불필요한 진술에 대한 분별이 조금 더 엄격했다면 좋았을 것입니다. '올해는 아무것도 못했습니다' 외 3편은 어떤 삶의 풍경을 선연하게 옮기는 일만으로도 좋은 시가 될 수 있다는 사실을 증명하고 있었습니다. 그러나 작품의 결말이 매번 지나치게 닫힌 구조로 끝나는 것이 아닌가 하는 의구심이 들었습니다. '앓기잃기' 외 4편은 활달한 상상력과 이를 받쳐내고 감당해내는 문장이 돋보였습니다. 하지만 독자가 본인의 의도를 다 알아차리지 못할까 싶은 강박 탓인지 큰 의미 없는 중복과 중첩이 눈에 띄었습니다. '간절기' 외 4편은 많은 장점이 잠재된, 하지만 분명한 단점이 드러난 작품이었습니다. 본인이 지닌 개성이 독특한 만큼 이것이 일차적으로 전달되는 언어는 더 정확해야 한다는 고언을 드리고 싶습니다.

심사위원 4인은 '교환' 외 4편과 '졸업반' 외 4편을 끝까지 두고 어느 것 하나 선뜻 쥐어 들지 못했습니다.

먼저 '교환' 외 4편은 사회 현실에 대해 넌지시 던지는 묵직한 메시지가 인상적이었습니다. 탄탄한 사유를 쌓아가며 본인만의 세계를 구축해내는 과정도 미덕으로 생각되었습니다. 다만 시상을 더 펼쳐내야 하는 중요한 지점마다 최근의

시 독자에게 익숙하게 다가갈 낱말을 활용한다는 점이 단점
으로 지적되었습니다. 세워진 언어에 기대지 말고 본인만의
언어를 세운다면 더 좋은 시인이 될 수 있을 거라 기대합니다.

　'졸업반' 외 4편을 2026년 경향신문 신춘문예 당선작으
로 정합니다.

　투고한 5편의 작품 모두 리듬감과 생동감 덕에 읽으면 읽을
수록 또 읽고 싶게 만든다는 의견이 있었고, 엄숙함에서 벗어
난 자유로운 시적 태도가 돋보인다는 의견이 있었고, 이미지
와 이미지 사이 시적 긴장을 효과적으로 유지하는 과감한 진
술이 인상적이라는 의견이 있었고, 시의 묘사에 관해 더 깊은
고민을 해보면 좋겠다는 의견도 있었습니다. 부디 앞으로 더
많은 이들의 눈과 함께하시기를. 그리하여 더 멀리 나아가시
기를 기원합니다. 안타깝게 낙선된 분들에게도 아쉬운 마음
과 함께 같은 말을 드리고 싶습니다.

심사위원 박준·이경수·진은영·황인숙 (가나다순)

■ 광주일보 | 시

파도의 감정

권라율

경상북도 영양 출생
동국대학교 경주캠퍼스 국어국문학과 졸업
2026년 『광주일보 신춘문예』 시 부문 당선

arcadiaksy@gmail.com

파도의 감정

여름도 여름이랑 사이가 좋아야 해요

김정 씨랬죠? 김정 씨, 생각은 파도를 타죠

김정 씨가 굴러요 돌돌

몇 달 아니 몇 년 끙끙 밀린 연차가

달려가는 달력이 달달 시계가 흘낏

소금사막이나 빙하는 진작 품절이고

영어도 못 하고 할랄 음식도 모르면서

그저 구를 만큼 구르고 싶어서

파도와 한 몸으로 조는 붉은가슴도요

생각으로도 가슴이 벅차올라서

만국기 휘날리는 유람선 갑판 뒤에 올라탄

먼지 낀 동네 버스처럼

차창 가까이 날아드는 불빛에

이물감으로 흔들려요

홍학의 부리나 들소 뿔의 파편

흰 산봉우리를 기어가는 설표의 꼬리뼈

가끔 캐리어 속 번뜩이는 칼날들

깊숙이 넣어둔 조약돌 몇 개

퇴근길 당신은

뜨거운 낮에 든 서늘한 목덜미에 화들짝

밤낮이 서로 먼 날이네

당신은 턱까지 지퍼를 올리고 단추를 채우며

허리 버클 떨어진 줄도 모르고

구겨진 잠은 주말로 접어두고

맥주 한 캔에 다시 펼쳐 보자 할 때

돌돌 툴툴 구르며 어느 선창가

후미진 호텔로 들어가는 캐리어 하나

아무 방이나 주세요

당신은 마른 빵 한 조각으로

오줌내 나는 바닥으로 앉아

비로소 캐리어를 열어보려는데
수천수만 킬로미터 밖에서도
꾹 다문 입술의 여권과 꾹꾹 따라온
여름 저녁이라는 감정

오로라를 보러 갈 걸 그랬지?
오로라에는 여름 감정이 없다는 듯
딴전을 피우는 김정 씨
극야의 눈동자는 별의 미간만큼이나 멀어서

신은 목덜미에서 허리춤에서 자꾸 흘러내린대요
하늘이 맥없이 툭, 떨어지면
느린 목 근육을 키워야지
벽을 가로지르는 바퀴벌레의 다리 힘처럼

성경이나 코란 불경에 있는지는 모르겠는데요
김정 씨, 소뇌 대뇌에도
운동장이 있어 지퍼를 열면 빛과 구름 바람이

우르르 쏟아진다더군요?
하늘만 한 운동장에서
떨어지지 않는 눈동자와 눈동자 사이를 줄곧
온 우주가 달려온 거라면요?
먼지 날리듯
홍학 부리가 차창에 부딪히듯
설표가 당신이 돌진해가는 거라면요?
캐리어 속에서요 무한한

김정 씨, 돌아서 어느 여름 중이신가요?
세 시에는 세 시의 눈동자가
다섯 시에는 다섯 시의 눈동자가
성운 사이 흩날리면서

수업

　공, 이라는 간판이 보여 건물 안으로 들어갔다 공을 가르
친다고 했다

　강사가 말했다

　내려놓으세요

　무엇을요?

　내려놓을 수 있는 것들을요 둥글게 보이는,

　반달처럼 접힌 가방을, 눈 감은 길쭉한 우산을, 옆으로 말
아놓은 원통 같은 주간신문을, 안경을 내려놓았다

　혹시 브래지어도 벗어야 하나? 그러면 안구나 피부 속 수액
과 근육 더 나아가 그 안에서 구르는 세포는 어떻게 하지? 벗
을 수 있나? 현미경으로 동그란지 그것부터 확인해봐야 하나

　그만둬, 저이는 의사나 장의사가 아니잖아

　누군가 질문하는 소리

　그 밖에 보이지 않는 것들도요? 혹시 무형의 것들도 내려
놓을까요?

　강사는 당연하다는 듯 끄덕였다

　내려놓으세요

　나는 눈앞에 내려놓은 초록 렌즈통을 유심히 들여다보았다

　그 안에서 떨어지는 빗방울이 보였다 그리고 다른 우산 하나

가 더 있어 그것을 내려놓았다 비에 떨고 있는 다람쥐도 한 마
리 있어 마루 위에 내려놓았다 다람쥐는 요가 매트 위에서 어리
둥절한 표정으로 사방을 둘러보았다 동그랗게 눈알을 굴리며

강사는 이어

더는 없으세요?

우리는 서로 불안한 눈빛을 교환했다 그러자 한 사람이 손
을 들어 말한다

아, 아까 제 가방 안에 전화 교환수가 있었는데 잊고 있었
네요 꺼내 놓을게요

그의 낡은 가방 속, 반세기 이전에 유행했던 전화 교환수의
새까만 머리통이 보였다 전화 교환수가 동그란지는 미처 몰
랐지만 가방 속에서 오래된 팝송이 흘러나왔다 비틀즈? 벨벳
언더그라운드? 생각하고 있는데 교환수의 주머니에서 밧줄
에 묶인 총알이 도르르 굴러왔다

한 여자아이가 호주머니에서 좀 더 어린 여자아이 하나를
내려놓았다 둘은 어딘가 조금씩 닮아있다 다만 주머니에서
나온 아이는 머리카락이 조금 더 밝은 갈색이었다 둘 다 포
니테일을 하고 비스듬히 손을 맞잡으며 자주 귓속말을 주고
받았다 아이들은 심각한 표정을 짓다가도 바로 손으로 입을

가리며 웃었다

　수영을 하고 온 듯 머리가 젖은 중년의 사내 하나가 말했다

　저는 모자를 내려놓겠습니다

　낡고 허름한 반구형 모자를 든 손이 미세하게 떨렸다 근무 모자처럼 보이는 모자에서 숟가락 하나가 떨어졌다

　혹시 여기는 고해소도 겸하는 곳일까

　상관없었다

　이러다 너무 가벼워져서 우리는 어쩌면 우주로 날아갈 수도 있잖아

　사람들이 중얼거렸다

　공이 굴러오고 있었다 어디선가 희미한 음악 소리가 들려왔다 점점 굴러오는 노래였다

　플러그를 꽂고 잭에 연결하고, 여보세요?

　…

　여보세요? 제가 들리나요? 여기는 어디쯤이죠?

옆집

옆집과 나는 운동복 차림이다

쓰레기봉투를 들고

이어폰을 누르는 사이

엘리베이터가 오르내리므로

대화는 연속되거나 불연속된다

옆집의 그다음이 기억나지 않아서

늘 처음으로 돌아가서 타게 된다

붉은 숫자가 올라올 때까지

침묵 속에서

언제 버릴까

보이지 않는 쓰레기봉투가 넘친다

세상의 모든 옆집을 소개하는 프로그램을 생각한다

옆집은 늘 쓰레기를 버리러 가고

그 옆집은 앵무새와 대화를 하고

그 옆집은 아이와 반응 인형 놀이를 하고

전쟁놀이를 하고

이웃은 옆집이 우체부거나 은행원이거나
철인 3종 선수거나 마피아이거나
상관없어서
쌓인다
반응이 없는

흘러넘치는 우편함 틈으로 손가락을 끝까지 밀어넣는다
깜깜해서 보이지 않는다
옆집이 옆집이라는 증거물이 되지 않는다

바깥에서 보면
구석구석 쌓인 옆집의 몸에 불이 켜지기도 한다

세상의 옆집과는 2인 이상 탑승할 수 있으므로

잘 모르는 나를 껴안고 잘 모르는 당신과
인사한다

분류할 조건이 쌓인다

앞집과 뒷집은 모르는

다정한 묵례를 한다

절대적인 괄호가 겹치면

입사각끼리 만날 수 있을까 생각하면서

티비를 켜는데

옆집이 티비에 나와

내가 흘려둔 남의 이야기를 증언하고 있다

나도 모르게 반사각이었다

　김정 씨, 살다 보니 이런 날도 오는군요. 고백하자면 신문사로부터 당선 전화를 받은 날 밤, 저는 한숨도 못 자고 희망과 절망으로 허우적댔습니다. 당신이 생각났어요. 우리가 만났을 때는 여름이었지요. 겨울이기도 했습니다.

　우린 처음 만난 사이답게 적당히 즐거웠고 적당히 조심스러웠습니다. 대화 주제는 생생한 것이었어요. 늘 그러하듯 잘할 수 있는 일과 잘해 내어야 하는 일을 자문해야 했어요.

　내심 삶이라든가 죽음 같은 거창한 이야기가 아니어서 뿌듯했습니다. 열심히 설명하고 열심히 들었어요. 우린 끝내 다정했어요. 전 구직자였고 당신은 상담사였으니까요. 혹은 저는 상담사였고 당신은 구직자였습니다.

　난데없는 것에 대해 생각해요. 사람이나 여행이나 난데없이 오니까요. 이번 일만 해도 그래요. 대책 없어서 빛나는 누더기도 있는가 봐요.

　광주일보 관계자분들과 부족한 제 시를 뽑아주신 심사위

원 선생님들께 감사드립니다. 양가 부모님을 비롯한 가족들 선생님들과 문우들 소중한 남편에게 저의 마음을 드립니다.

마지막으로 오늘도 자신을 응대하기 위해 타인을 경청하는, 세상의 모든 김정 씨께 감사 인사를 전합니다.

　국내외로 여전히 불안정한 시국이 이어지고 있다. 이 모든 '불안'은 그 '끝'을 기다릴 수 있는 일시적 '변수'가 아니게 되었다. 이제 받아들여야 할 일상의 일단이다. 이번 응모작들은 '그럼에도 불구하고 살아'가는 사람들의 이야기였다. 특히 본심에 올라온 작품들에 대해서는, 시적 표현과 상상력의 아름다움이 극대화될 수 있는 언어의 '전시실'을 얼마나 개성적인 설계로 구축하고 있는가를 보다 집중적으로 살폈다. 그 과정에서 남은 작품은 '파도의 감정', '유령의 목록', '튤립'이었다. '튤립'의 응모자는 그 언술 속에 유희성 짙은 특유의 리듬이 깊이 배어있었다. 그것은 단지 흥을 돋우는 운율의 층위가 아니라, 이미지의 확장으로 탐미적인 시공간을 만들어 낼 만큼의 힘이 있었다. '유령의 목록'의 응모자는 현실과 우화 사이 절묘한 위치에 시공간을 구축할 줄 안다. 가령 "7층과 8층 사이" 7.5층에 멈춘 승강기의 공간이다. 응모작 중에서 '유령의 목록'에 특히 주목했다. 섬광과 함께 남겨진 "빈 의자" 위에 구르고 있는 "펜 하나"의 이미지는 쓸쓸한 삶과 죽음의 선연한 잔해였다.

　당선작으로 '파도의 감정'을 선정했다. 시의 외관은 가벼운

돛배 같았지만 묵직한 닻을 질질 끌고 나아가는 느낌이었다. 최종심의 다른 응모자들처럼 자신만의 색깔로 시공간을 경쾌하게 구축하고 있다는 점과 함께 한 가지 더 눈길이 가는 점이 있었다. 시라는 형식이 미지의 "오로라"를 향해 여행하는 돛이라면, 돛을 올린 바로 그 자리에 현실의 "여름"을 닻처럼 깊이 내리고 있었다. 그 무겁고 차가운 닻은 현실 세계와 미적 세계 사이에 균열을 내며 박혀 있다. 그 균열 속에서의 첨예한 균형감각이 다른 응모자에 비해 조금 더 주목되는 점이었다. 더구나 금도끼 은도끼 같은 그의 닻은 다른 응모작 속에서도 "딥시크", "산성비", "비관세 장벽" 등 다양하게 구비되어 있어 든든했다. 그 넓고 깊은 여행을 계속하시길 바란다.

심사위원_김중일 시인(광주대 문예창작학과 교수)

디아스포라

이형초

2001년 목포 출생
단국대학교 문예창작과 졸업
2026년 『동아일보 신춘문예』 시 부문 당선

gudch2000@naver.com

디아스포라

우리에게 박물관이 생긴다면

입구는 화물차처럼 만들자 좁은 열차에 갇혀 초원을 가로
질렀던 순간처럼 긴 철로를 지나 부모를 만나러 가고 싶다 척
박한 평야에서 씨앗을 뿌리고 토굴을 짓고 새를 잡아먹으며
봄이 오기를 기다렸던

먼 사람들의 이야기
흠뻑 젖은 곡괭이와 밤의 나뭇가지들

따뜻한 진열창에 넣어두자 우연한 행인처럼 그곳을 지나치
며 우리의 역사래,
　러시아어로 중얼거릴 것이다 유리창 사이로 언어와 계절
이 바뀌고

러시아인도 카자흐인도 한국인도 아닌

무국적자의 밤이 쌓이는 곳 비가 오든 눈이 내리든 자신들
만의 농장을 만들었답니다, 말하던 큐레이터는 사실 그들의

가족이고, 새벽마다 불을 밝히는 경비원은 자기 이름 대신 그
들의 이름을 외우던

　가득 찬 박물관 모두 연결된 사람들
　텅 비어 있어도 가득 찼다고 믿으면
　어디든 둘러볼 곳은 있지
　결국 우리는 같은 출구로 나갈 테니까

　이야기가 시작되는 곳에서 사람은 늘 몰려든다 어디에서
불어온 눈바람이 머리가 되고 어디에서 쌓인 눈송이가 몸이
되는지

　몰라도 좋은 박물관, 다 사라져도 기억해 주는 이야기, 우
리에게 박물관이 생긴다면

그냥 걷기로 해

마음보다 몸이 먼저 앞선 곳엔

정말 내 마음이 없는지 궁금해

우리는 우산과 핫팩만 들고 바다로 도망쳤지

컵라면에 뜨거운 물을 붓고 딱 삼 분만 기다렸다

단 삼 분이면 우리는 카레도 먹을 수 있고 핫팩을 뜨겁게

데울 수 있고

두고 온 것을 잊기에도 적당한 순간이지

폭죽 소리는 빛이 터지고 난 뒤에 들리기 마련이고

비는 늘 우산을 펼치기 전에 바닥에 닿아

너는 인간의 마음이 뒤늦게 펼쳐지는 모양과 닮았다고 한다

그것참 물에 띄우기 쉽구나

오리의 물갈퀴를 가졌구나

눈을 반쯤 감은 수평선엔 가느다란 도로가 있고

사람들은 비가 내려도 불꽃을 쏘지

어둠 속에서 빛이 터지듯 삶은 탄생했다고 믿었는데
우리는 다리 밑에서 태어났고 바다는 그때처럼 차갑고

사람들이 불꽃놀이를 하는 이유는 한순간 사라지는 빛을
보기 위해서라고

크루즈에서 엄마를 껴안은 채 낙조를 구경하는 아이를 보며
너는 저 아이의 생이 우리보다 더 일찍 출발한 것뿐이라
고 말한다

생각 없이 걷다 보면 문득 무언가를 깨닫듯
그 기민한 것이 불안을 잠시 지워주듯

그냥 걷기로 해

서쪽엔 바다가 낮게 일렁이고 동쪽엔 모래와 흰 집들이 있
으니까

저 멀리 흩어지는 불꽃의 잔해들이 마음의 잔상 같을 때

눈보라는 뜨겁고 세상은 걸음처럼 엇갈려

우리는 서로를 지운 채 보폭을 맞추며 걸었다

달걀과 빛

눈물로 전기를 만들 수 있다는 기사를 읽고
집안의 모든 스위치를 내려두었다

나는 눈물이 없어요, 라고 말해도 곧 들통나겠구나 나의 창
문은 환해서

오늘은 계란판을 옮기다가 계단에서 굴렀다 어른들은 딱
세 번만 참으라고 가르쳤지만

오전엔 사장에게 날계란을 던졌고 이 사람 툭 건들면 깨질
것 같아, 말하던 직장 동료는 공장을 날로 먹고 저녁은 여전
히 구운 달걀에 요구르트다

껍질을 깐다
타들어 가는 소리가 들린다

인류의 눈은 점점 달걀로 진화할 것이다 잘 깨지고 잘 흐
를 것이다

  머지않아 눈물 발전소가 생길 거고 가장 많이 우는 사람이
부자가 될 거고
  나는 잡지 인터뷰에서 딱 세 번 참았어요, 말할 텐데

  공장 선풍기 앞에 눈 뜨고 오래 있기, 미워했던 부모가 죽
어서 뒤늦게 후회하기, 이런 게 상상이길 바랐는데 진짜인
걸 상상하기

  껍데기를 곱게 갈아서 창가 화분에 뿌린다 모레면 시든 꽃
은 살아날 것이다 껍데기의 하얀막이 인간의 눈물과 비슷하
다는 거

  공장 화장실에서 읽은 적 있다 바깥엔 빛이 하나둘씩 술렁
이기 시작하고 창가에 새들이 모였다 떠나고 밤이 너무 밝아
서 눈시울이 붉어지면

  저 불은 다 우리였다는 것
  타오르지 않을 이유가 없다는

도시의 건물은 모닥불에 던져진 은박지처럼 눈부시고

우리가 불을 가진 게 아니라 불이 우리였음을 알게 될 때

잠시 세상을 흐릿하게 바라본다
우리의 시선은 서로에게 옮겨붙은 채 번져간다

잘 쓸 자신은 없어도
포기 안 할 자신 있어 … 멈추지 않겠다

작년 겨울, 이사를 했습니다. 화분을 들이고 새 커튼을 달며 집 안에 온기를 채웠습니다. 고향을 떠나 낯선 세상을 마주하는 일은 외롭지만, 동시에 감사한 일이기도 합니다. 나를 더 새롭게 만들 수 있기 때문입니다. 텅 빈 세상 앞에 서 있을 누군가를 떠올리며 시를 썼습니다. 가득 찼다고 믿으면, 어디든 다시 둘러볼 수 있을 것 같아서요.

제 소식을 듣고 저보다 더 많이 울어준 사람들이 있습니다. 얼마나 큰 축복일까요. 나의 기쁨을 온전히 자신의 일처럼 기뻐해 줄 사람이 있다는 것은. 이 꿈은 결코 혼자 이룬 것이 아니라고 생각합니다. 함께 길을 닦아주었기에 저는 전력을 다해 달릴 수 있었습니다. 저와 이별했던 사람들에게도 다시 한번 손을 내밀고 싶습니다. 함께, 각자의 자리에서 잘 살아가고 싶습니다.

언제나 저를 믿어주신 천수호 선생님과 안도현 선생님께 가장 먼저 감사드립니다. 덕분에 몇 번의 실패 앞에서도 쉽게 무너지지 않을 수 있었습니다. 2023년 12월, 서로의 편지를 나눠 읽으며 펑펑 울었던 수진, 은지, 민이 그리고 스터디 멤버들. 앞으로도 저와 계속 글을 써주었으면 좋겠습니다.

당선 연락을 받았던 날, 어머니의 꿈에 할아버지가 나오셨다고 합니다. 두꺼운 봉투 속에 편지가 여러 장 들어 있었다고요. 아마도 지혜롭게 살아온 어머니의 삶이 적혀 있었을 것입니다. 어머니와 아버지께 제일 감사합니다. 부모님의 따뜻한 언어 속에서 저는 시인이 되었습니다.

잘 쓸 자신은 없습니다. 그러나 포기하지 않을 자신은 있습니다. 부끄럽지 않게, 그러나 멈추지 않고 쓰겠습니다.

숙련된 솜씨로 역사적 상상력에
시적 사유 버무려

　이번 본심에는 특이사항이 2개 있었다. 첫째, 이례적으로 응모작이 많이 늘었다고 들었으나 본심에 올라온 작품들이 예년에 비해 썩 만족스럽지만은 않았다. 그래서인지 심사위원 두 명이 최종 고려 대상으로 들고 온 2명의 작품이 처음부터 일치했다. 다른 응모자들의 작품과 현격한 차이가 있었기 때문이다. 두 명의 작품은 충분히 수일했다. 최종적으로 검토된 것은 '눈사람' 외 4편과 '디아스포라' 외 4편이었다. 둘 중 어느 작품이 당선작이 되더라도 충분한 이유가 있었기 때문에 이 단계에서 심사위원들은 재독과 숙고를 거듭했다.

　'눈사람'은 깊은 사유와 단정한 문장이 인상적이었고 "사람을 안으면 자꾸만 녹았습니다"라는 마지막 구절이 시 전체를 잘 마무리하며 시적 완성도를 높이고 있다는 점에서 당선에 근접했다. '디아스포라'는 활달한 상상력과 더불어 사유를 시적 플롯을 통해 알맞게 조직하는 데 있어 숙련된 솜씨를 선보였다. 매끄럽지 않은 대목이 없었고 시 전체가 환기시키는 디아스포라적 상상력 역시 생경한 관념이나 강변 없이 적실하고 진중하게 전달되었다.

심사위원들은 두 작품 모두 당선에 값한다는 판단을 공유
했지만 역사적 상상력에 가닿는 시적 상상력의 규모와 넓이,
그리고 예컨대, 시의 제목과도 맥락이 닿는, "우리에게 박물
관이 생긴다면//입구는 화물차처럼 만들자"라는 표현에 담
긴 재기 역시 손색이 없다는 것에 동의하면서 '디아스포라'를
올해의 당선작으로 내밀기로 결정했다. 만족스러운 마음 그
리고 큰 기대와 더불어 축하의 악수를 건넨다.

정호승 시인·조강석 문학평론가(연세대 국어국문학과 교수)

물왕 저수지

성유림

1999년 경기도 출생
서울예술대학교 재학 중
2026년 『매일신문 신춘문예』 시 부문 당선

syro__o@nate.com

물왕 저수지

저수지 옆 주유소에서 일하는 남자는

주유소에 산다

남자가 자주 꾸는 꿈은

주유소에 불이 나는 꿈

불이 나는 꿈을 꾸고 나면

다음 날은 꼭 비가 내렸다

젖은 수건으로 등을 닦으며 그는 생각했다

샤워를 마치는 순간 잊혀지는 꿈의 장면들에 대해

그는 밤마다 저수지 주변을 걷는다

남자는 주유소에서 머무르는 시간보다

더 오래

빛이 튀는

저수지를 바라본다

반짝이는 저수지를 배경으로

한 무리의 사람들이 사진을 찍는다

플래시가 터질 때마다

웃는 표정들이 젖어간다

나무 틈에서 튀어나온 고양이가

젖은 도로로 달려 나가고

막을 새도 없이

"비가 쏟아진다

남자의 바로 앞에서

주유소가 타오른다"

번져가는 불빛 속에서 누군가

예쁘다, 예쁘다하고 외치는 소리가 들리고

남자는 꿈에서 깨어나지 못한 채

반쯤 젖은 담배를 입에 문다

타오르는 것들은 하나도 사라지지 않은 채

서서히

어두운
빛 속에서 눈을 뜬다

백색 소음

나 너에게 머리부터 들이밀면 온몸을 다 넣을 수 있을까?

우리 서로의 가슴을 빨다 보면 다시 돌아갈 수 있지 않을까 그러니까 좋았던 때로 말이야 손끝을 베고 날아가는 수천 마리의 종이학, 뚝뚝 흘러내린 바닐라 아이스크림, 부러진 문짝을 듬뿍듬뿍 입에 넣으면

그것들이 아주 천천히 녹아내려 우리의 목젖을 툭 건드리고 마주 보면서 구역질을 하고 위로하듯 서로의 등을 두드려주고

왼쪽 엉덩이에 있는 푸른 점을 한참 동안 어루만지고 씻기고 머리 위로 미지근한 물을 뿌리고 그러다가 식물처럼 자라나는 징그러운 머리칼이 보기 싫어지면 뒤로 뒤집어 하얀 분을 두드리고 다시 젖을 물리고 서로의 발바닥을 때리고 자장자장 재우고 부러진 문짝 틈새로 죽이지 못한 울음이 끈적하게 들려오면 다시 자장자장 재우고 재우고 재우고…

그렇게 곤히 잠들면

아가야
자장자장
죽음이든
잠이든

똑같아

잘 자,
그럴 수 있지 않을까

*

　　　　*

　　　　　　*

분유 같은 눈이 흩날리는 밤

동그랗고 말랑한 우리의 얼굴 위로

그림자가 차곡차곡 쌓여간다

브륵샤사나

거실 구석에 놓인
올리브 나무를 본다

깨진 화분이
흙을 토해낸 자리에
하얀 돌이 흩어져 있다

쥘 수 있는 것과 쥘 수 없는 것 사이

팔을 들어 올리면
한 번도 손에 쥔 적 없는 올리브 냄새가
쏟아졌다

무게를 가진 것들은
바닥으로 떨어지는 법을 배운다

창틈으로 미세한 바람이 드나든다
뼈와 뼈 사이에 틈이 벌어진다

죽은 가지는 뻗어가는 것들을 이해하지 못하고
젖은 깃털처럼 흔들린다

무릎 뒤의 그림자가 조용히 말라가고
척추가 새떼처럼 흩어진다

가끔은 두 발로 서는 일이
실수처럼 느껴질 때가 있어

화분의 가장 밑바닥처럼
한 번도 비워진 적 없는 어둠이
안쪽에서부터 자라나고

창밖의 나무가 불쑥 초록을 뻗는다
그늘이 떨어진다

둥근 화분 속
부드러움을 움켜쥐는 손

균형은 늘 먼 곳에 있다

저는 가끔 밥을 먹는 일이, 버스를 타는 일이, 공원을 걷는 일이, 잠을 자는 일이 미안하게 느껴집니다. 아무 일도 일어나지 않은 하루가 끝까지 무사히 지나가 버렸다는 사실이, 어딘가에 남겨진 몫을 몰래 가져온 것처럼 마음에 걸립니다.

오랜만에 꺼내 본 일기장 속에서 가장 많이 반복되는 말은 '미안하다'는 사과였습니다. 이 사과가 용서를 바라서였는지는 모르겠습니다. 다만 살아 있는 동안 아무 말도 하지 않은 채 지나가는 사람이 되고 싶지는 않았던 것 같습니다. 저에게 시를 쓰는 일은 사과를 가장 느린 속도로, 조심스럽게 반복하는 일입니다. 쉽게 면죄부를 얻지 않기 위해서요.

어렸을 땐, 말을 잘하는 사람만이 시인이 된다고 생각했습니다. 그런데 시를 쓰는 사람이 된 지금의 저는 정반대에 가깝습니다. 걸음마를 처음 뗀 아기처럼, 어떤 말이 괜찮은지 오래도록 머뭇거립니다.

모두가 신경 쓰지 않고 지나가 버린 일들도 계속해서 곱씹는 저는, 도무지 빨라질 수 없는 사람입니다. 하지만 느리더

라도 꾹꾹 눌러쓰고 싶습니다. 무엇도 함부로 하고 싶지 않
습니다.

말을 내뱉을 수 있도록 기회를 주신 심사위원 선생님들께
진심으로 감사드립니다. 또 부족한 제 시를 읽어주시고 더 나
은 방향으로 갈 수 있도록 도와주신 선생님들, 교수님들께도
감사의 말씀을 전하고 싶습니다.

시를 쓰는 제 옆에서 든든한 버팀목이 되어준 가족들도 너
무너무 사랑합니다. 무엇보다 나의 분신과도 같은 엄마와 늘
내 편이 되어주는 언니에게 고맙다는 인사를 전합니다.

시간은 무심히 지나는 듯하지만 어느 순간 묶인 것처럼 목줄에 당겨져 앞발을 치켜들게 만들기도 한다. 자신의 목을 조이는 그 순간 속에 시가 있다. 그때는 분명 현재지만 어쩌면 과거와 미래가 한꺼번에 체감되는 몸의 시간일 것이다. 달려온 시간과 달려갈 시간을 한꺼번에 보여주는 속도계 같은 것. 그 불가능한 계측의 눈금이 바로 시일 것이다. 예년보다 늘어난 응모작들이 하나같이 일상의 감각을 놓치지 않으려는 고투를 선보였기에 꺼낸 말이다. 역사나 담론 혹은 차이와 차별에 대한 윤리적 감수성을 내세운 시편들보다 파도처럼 넘어오는 하루하루의 정념들에 바쳐진 시는 그래서 매번 인생의 극점을 정확하게 겨냥하고 있는지도 모른다.

좋은 작품이 많았고 때문에 논의가 길었다. 김태훈의 '자습'이 세계와 화자의 만남을 곡진하면서도 눈부시게 그려냈다면, 김도열의 '얼음의 문법'은 단단한 정념으로 세계를 포착하는 힘이 느껴졌다. 다만 그 수려함 때문에 세계에 대한 응전이 깊이지 않다는 점이 아쉬웠다. '역할놀이' 등을 보낸 나은이는 경쾌한 언어를 구사하면서도 세계의 비의를 놓치지 않는 재능을 보여주었으며, 김다은의 '시력표'는 노련한 시선을 통해 세계의 침범을 구체적 형상으로 그려낼 줄 아는 감각을 지니고 있었다. 마지막까지 당선작과 겨루었지만 자신의 언어에 대한 확신이 더 필요해 보였다.

성유림의 '물왕저수지'는 잔잔한 저수지와 불타는 주유소를 꿈과 현실의 교차 속에 보여준다. 그런 평온과 재난은 내면의 일이지만 또한 세계의 일기도 해서 우리는 물길과 불길 사이에서 기이한 불안을 함께 겪을 수밖에 없다. 마침내 삶의 모든 순간들이 휘발성을 가지고 있다는 사실에 다다른 뒤에야 시 밖으로 나올 수 있는 것이다. 함께 보내온 '쏟아지고 있었다'가 보여준 날카로운 도약이 단점으로 지적될 수 있는 안전한 짜임새에 대한 우려를 상당 부분 상쇄한다는 점도 미래에 대한 믿음을 두텁게 하였다. 심사자들은 예외 없이 성유림의 시를 당선작으로 뽑는 데 합의하였으며 다른 이들의 시 역시 곧 지면에서 보게 되리라 예측했다.

심사위원_ 정끝별, 장석남, 조용미, 신용목(글)

가뭄

유주연

1988년 전주 출생
2023년 『청색지』 신인상
2026년 『문화일보 신춘문예』 시 부문 당선

portencens@gmail.com

가뭄

햇볕이 산등 뒤로 넘어가고 있었다 새들은 마른 낙엽 밑으로 고개를 집어넣고 있었다
항아리는 토방처럼 말라가고 있었다

마른 목소리로 누군가를 부르는 사람의 가슴도 조각나고 있었다
대답의 목소리가 들리지 않았다

새는 그들의 마른 처소에서 울고 사람은 제단 아래에서 멍해지고 있었다
텁텁한 입과 질어진 머리 안팎으로 미처 울음이 되지 못한 슬픔들이 무음으로 울고 있었다

빛은 점점 옅어졌고 대지는 뜨거워졌으나 흙은 짙어지고 퍼즐처럼 갈라졌으나 몸들은 결코 따뜻해지지 않았다

영혼들은 스스로 자기를 먹으며 버텼다
때로 단지 마른 고기와 치즈가 그려진 금빛 액자틀 아래에서 두 손을 모아 기도하듯 없는 목소리로 벙어리처럼 호소하

고 있었다

　햇볕이 산등 뒤로 또 다시 넘어가고 있었다 언제나 완전히
넘어가지 않고 넘어가고만 있었다

　가뭄이었다
　가뭄이었고
　가뭄이었다

　새들의 눈물이 낙엽을 적시고 있었다
　사람의 모은 손이 신앙을 넘어가고 있었다

　결정적 형태가 주어지지 않았다

　가뭄이 깊어지고 피가 굳어가고 식량이 가루가 되어가고
있었다

사막

　아무도 말을 하지 않았다 아무도 말을 걸지 않았다 단지 바람이 한줄기 바람만이 그들을 스치고 있었다 아무도 눈물 흘리지 않았다 아무도 빛을 찾지 않았다 오직 하나의 어둠이 그들을 감싸 왔다 어느 새인가 모두가 걷고 있었다 걸음은 나아감을 위해서라기보다 멈춰 있음의 추위를 견딜 수 없기 때문이었고 말 없이 가만히 있는 것보다 말 없이 걸음이 내면의 따뜻함을 만들어내는 듯하기 때문이기도 했다 그들은 불을 피웠다 나귀들도 그들 옆으로 어느덧 모여 앉았다 하나의 따뜻함 하나의 어둠 하나의 모여 앉음 그 가운데 연기를 따라 누군가 노래를 불렀고-시작이 그들 중의 하나였는지 나귀들 중의 하나였는지-다른 이들은 그 노래를 함께 따라 불렀다 노래의 흥은 울음 소리처럼 그들을 나아가 그들을 둘러싼 풍경 주위를 휘감아 돌았다 노래 속에서 전체 풍경은 아늑한 것으로 다시금 다르게 와 닿았다 맑고 깊은 달빛을 보며 그들과 나귀들은 함께 조용히 잠에 들 수 있었다 잠은 기도의 다른 몸짓이었다 함께 잠 들었다 아무 것에도 놀라지 않고

소곤거리지만 달지 않고, 달지 않지만 차갑
지도 않으며, 차갑지도 않지만 자극적이지도
않고, 자극적이지는 않지만 부드럽고, 부드럽
지만 간지럽지 않았던 목소리

　한 여자가 걸어간다. 벽과 벽 사이. 벽 사이 틈입한 빛이 하
얗다. 빛이 하얗고 눈을 찌르지 않는다. 어디에서인가, 한 남
자의 소리가 들린다. 그곳으로부터 독일어 음소들은, 빛 바
깥 벽 너머, 어디에서인가, 굴절하며 벽을 타고 올라와 귀로
내려온다. 그 소리는 교탁 앞에서, 상체를 앞으로 기울여 턱
을 종종 어깨에 받치고 있는, 음성으로 귀를 쪼인다. 건물 앞
참새들은 바람의 접촉에 따라 이 나무에서 저 나무로, 푸른
잎 나무에서 익은 잎의 나무로 재차 회귀하며, 언제라도 반
복되지 않을 춤을 춘다. 춤을 추지 않는 나에게는 결코 모방
되지 못할 자세로 (나는 창 안켠에 홀로), 그 뒤로는 캐비닛
이 열려 있다. 저 하늘 위로, 없는 구름들은 움직이지 않고,
빛도, 남자들도, 새도 희미해진 저녁, 오로지 나뭇잎들만이
여전히 재잘댄다.

시가 주는 '투명한 부끄러움' …
시를 외면하지 못하게끔 해

사람들은 무의식적으로 시에서 위로를 구합니다. 저 역시 제가 보지 않으려던 제 안의 어둠과 마주칠 때마다 시를 찾곤 했습니다. 그런데 우리가 일상에서 '위로'로 부르는 그 말이 가리키는 것이 정말로 시의 자리일까요? 위로란 과연 무엇일까요.

캐나다의 정치인이자 사상가 이그나티에프는 한 저서에서 '시편'을 인용하며, '위로'란 나 자신과 내 삶의 맥락으로부터 한 발 물러나 그 장면을 전체로 다시 보는 일과 관련되어 있다고 말합니다. 저 말에 오래 머물게 됩니다. 상황이 그대로더라도 그걸 전체로 돌아볼 정확한 자리가 주어지고 나면, 사람은 자기 자신에게 붙들려 보지 못하던 무언가를 볼 수 있기 때문입니다.

가령, 자신이 믿고 있는지조차 확신할 수 없는 말을 공적으로 해야 할 때, 사람은 그 말과 자기 사이에 놓인 균열, 곧 스스로 온전함(integrity)에서 어긋나 있음을 실은 어떤 식으로든 감지합니다. 다만 그걸 간과하게 하는, 살아가는 일과 맞물린 관성이 상황의 직시를 가로막는다고 여깁니다.

그렇기에 '한 발 물러나 전체를 다시 보는 일'은 대개 일정 계기를 필요로 합니다. 격렬히 꿈틀대는 내면과 다소 다른 리듬이 흐르는 곳, 조용한 공원이나 빛이 드는 강가, 혹은 신자가 아니라도 절이나 빈 성당의 낮은 침묵 가운데 놓이는 일 말입니다. 익숙한 흐름이 잠시 멈춘 후에, 비로소 '나'는 '나'에게 거리를 둘 수 있는 여백을 얻습니다.

저에게 시는, 그 틈을 느끼게 하는 동시에 제 안의 희박함을 붙잡게 하는, 커다란 거울의 한 파편과 같았습니다. 그리하여 제가 다른 이의 시로 만나고 저의 시로 표하려는 지점에 설령 제 존재가 영영 닿지 못할 듯하더라도, 시가 깨워 주는 투명한 부끄러움이 저에게 시를 외면하지 못하게끔 했습니다. 제가 시와 맺은 개인적 관계를 언급한 것은, 시를 매개로 한 이 작용이 다른 많은 분들의 체험에도 일어날 수 있다고 믿고, 그것을 바라기 때문입니다.

끝으로, 제 안의 '저 아닌 무엇'에 관한 믿음과, 제가 그와

끝끝내 완전히 멀어지지만은 않을 것이란 희망. 이 둘의 개별적 증거가 되어 준 이곳의 저술들에-김우창 선생님의 글들을 포함해-한 독자로서 깊이 감사드립니다. 사랑하는 가족들과 여전히 곁을 나누는 주변 분들, 그리움이 된 여러 인연들, 심사위원 선생님들께도 진심으로 감사의 인사를 드립니다. 건네받은 빛으로 눈 반짝임을 잃지 않고, 또 언젠간 건네줄 수 있도록 노력하겠습니다.

기후 위기에 경각심 주는 시 …
긴 여운과 정교한 묘사 빼어나

2026 문화일보 신춘문예 시 부문 응모에는 많은 분들의 참여가 있었다. 가히 문학에 대한 열화(熱火)와 같은 관심을 확인할 수 있었다. 시적 경향은 서정시가 우세했다. 자연과 계절감, 생활의 서사, 가족과 공유한 경험 등 전통적인 소재가 많았다.

물론 시대적인 현실을 반영한 작품도 눈에 띄었다. '인공지능(AI)' '레시피' '시니어' '반려' '행성'과 같은 시어가 활용된 시편이 꽤 있었다. 외따로 떨어져 지내는 시적 화자의 등장이나 산문화 성향은 더 두드려졌다. '혼령(魂靈)'의 출현은 요 몇 해 사이에 나타나고 있는 흥미로운 특징인 듯했다. 심사를 하는 내내 시의 글감이 이토록 무궁무진할 수 있나 싶어 감탄했고, 작품 수준의 높이가 한층 고양(高揚)된 것을 눈으로 볼 수 있어서 행복했다.

우리가 한 편의 시에 대해 거는 기대는 묵은 것을 새롭게 하는 힘을 발견하려는 데에 있을 것이다. 이러한 관점에서 심사위원들은 네 분의 작품을 특별히 주목했다.

　‘임시 정원’은 함께 투고한 작품들과 마찬가지로 식물적인 상상력을 선보여 이목을 끌었다. 이 시는 잠시 동안 자리를 잡은 꽃밭을 시적 화자의 마음에서 한때 꽃피었던 사랑의 감정에 빗댐으로써 그 서정이 부드럽고 아름다웠다. 꽃밭은 도서관이 들어서면 사라지고 말 테지만, 그곳에 피고 지는 꽃을 통해 ‘너’에 대한 기억을 하나하나 소환했다. 모호한 의미의 시구가 여러 곳에 끼어들어 있어서 아쉬웠다.

　‘페르소나’는 영화 촬영의 현장과 기법을 모티프로 해서 ‘나’와 타자와의 경계와 관계를 살핀 작품으로 보였다. '빛'에 민감하게 반응하는 시행은 매우 매력적이었지만, 후반부의 진술에는 비약이 있었다.

　‘고스트 파일럿’은 시적 화자가 다른 존재에게 “나를 안내하고”, ‘나’를 증명하려는 행위를 통해 ‘나’의 정체성을 끝없이 질문하는 시였다. 시가 묵중했다. 그리고 시종 ‘나’의 큰 고립감이 느껴졌는데, 이 느낌은 시 속의 ‘나’만 갖는 감정은 아닐 것이었다. “나는 서둘러 나로 갈아입고”라고 쓴 대목에서는 소통과 회피 사이에서 갈등하는 자아가 엿보였다. 반면에 "내가 한 말의 의미가 없는 기준점 앞에서"와 같은 표현은 긴장을 무너뜨렸다. 이 시가 당선작과 마지막까지 경합을 벌였음을 밝혀둔다.

　숙의에 숙의를 거듭해 '가뭄'을 당선작으로 선정했다. 우선 동봉한 작품들의 수준이 전반적으로 고르고 오랜 창작의 이력을 짐작할 수 있었다. 언어를 절제해 여운이 퍼져가도록 공간을 만들면서도 묘사는 묘사대로 정교하고 치밀했다. '가뭄'은 이상 기후가 지속되는 동안 발생하는 현상을 나열하는 것 이상의 의미를 갖고 있었다. 메마른 날씨가 자연물뿐만 아니라 인간의 내면과 종교심까지 균열시키는 그 여파에 시의 시선을 모아가면서 이 세계가 다름 아닌 하나의 '항아리'와도 같은 곳임을 성찰하게 했다. 사람의 목소리가 무음(無音)이 되고, "식량이 가루가 되어가"는 사태의 제시는 이 시가 의도하는 메시지를 전달하기에 적절하고 효과적이었다. 무엇보다 시적 상상력이 인문학에 뿌리를 두고 있어서 앞으로 이 분이 선보일 시적 역량을 두텁게 신뢰하게 했다. 당선을 축하드린다.

심사위원_나희덕·문태준·박형준 시인

유주연　79

셰어 하우스

박은우

충남 온양 출생
한국방송통신대학교 국어국문학과
2022년 계간 『시로여는세상』 신인상
2026년 『부산일보 신춘문예』 시 부문 당선

ghkstmddur1226@naver.com

셰어 하우스

그늘도 태초엔 빛이었다 신이 자꾸 사람을 빚어
방이 늘어난다
관리자가 저장 강박에 대해 설명한다
누가 열다 만 병조림에서 단내가 흘러나온다
악취는 돌려 쓰는 생활이다

흠집을 무늬로 이해한다 스와핑 스네일링 스너글링 금지
그날그날 달라지는 영역, 새들은 공중을 나눠 쓰다가 둥지
를 바꿔 알을 낳는다
산책을 권하는 이가 생긴다면 떠날 때가 됐다는 뜻

일 인분은 양보다 자세의 문제다 거실 벽지는 띠부띠부씰
이 아니다 스티커를 한곳에 모아 놓고 보면 어른용 캐릭터 셔
츠를 닮았다
바다 뷰는 다음 생에

당분간이다 웰컴티는 우롱차, 여러 마리 길고양이는 모두
누리는 휴식이다 주인 냄새를 지우고 상자 속의 상자 속의 상
자가 되는 놀이

정체성은 넣어 두자 약정된 일조량은 하루 늦게 도착하고
신은 그늘을 살피느라 백반증을 앓는다
나는 일반인처럼 웃는 연습을 한다

화분 아래 비상 열쇠와 관람용 바게트빵 방금 건넨 인사는
공동 주방과 어울린다 한쪽 면만 맞춘 큐브와 겹눈 달린 파
티션, 휴게실에는
다인용 테이블과 보드게임판 당신이 젠가를 무너뜨려도 빌
런 취급하지 않는다 무관심은 너무 많은 눈주름을 가지고 있
어서

가지를 볶는 중국식 젓가락이나 포도 물 밴 앞섶에서 취향
을 발견하는 것 발견하자마자 못 본 척해 주는 것
발소리마저 죽여 기적을 비인칭으로 변환한다

무음은 누구나 반기는 소음이다 초인종을 누르고 싶다면
짐을 꾸릴 때가 됐다는 신호다 그림자마저 시끄러운
첫발부터 마지막까지 튜토리얼이다 길들지 않는 이곳은
여행자가 꾸린 가방 속이다

심우주 – 사춘기

내 그림자가 나의 필체를 닮아간다 필체는 겨울의 우산을 닮아간다 우산의 기울기를 닮아간다

노르웨이숲과 공중화장실, 식은 발도장, 츄르와 사과후事
過後, 우유 버튼을 누르면 탈지분유가 나오는 자판기처럼
퍼붓기 직전까지 육각형에 골똘한 기후처럼

폭설이 내려 흰색은 할 일이 없었다

*

우리 손깍지를 끼자
털장갑은 공원에 두고

*

몸에 꼭 맞는 방이었다 닫힌 곡선이었다 물컹한 벽을 더듬
어 나가면 금세 처음으로 돌아왔다
제 꼬리와 교미하는 눈먼 뱀처럼
촉지도를 잃어버렸다

　*

반다나를 두른 너와 뒤집힌 우산살, 7월 연못은 해종일 투명했다 풀물 든 방학은 소각장에서 죽었다 연두색은 시끄러웠다 물속에는 목젖이 닳은 동전들, 과육이 먼저 썩어 우리가 던진 기도는 더디 망가졌다

　*

나이테가 늘어날 때 나무는 자기 몸을 끌어안는 기분일까

　*

나는 웃자라고 있다
금붕어가 헤엄치던 연못이 눈에 덮였다
물그림자가 사라진 연못은 언저리에 그쳤다
뇌먹인 겨울이 나를 낳았고
나는 이르게 도착한 검정이다

　*

우주는 비물질과 여백으로 가득하대 유령이 인간의 몸을 쓰는 한 양피지 속 성경 말씀은 잘 팔릴 거래 *사람의 야생*은

기도와 종이 속에 살아야 합니다, 뒷길에 숨어 담뱃불을 댕기
면 겨우내 맑은국 끓여 줄 엄마가 떠오른다

*

죽은 다음이 기억난다 태어나지 못한 내가 기억난다 실은
믿을 수 없다
복숭아꽃가지로 매 맞는 아이가 보인다
누군가 마음먹지 않는다면 영원히 겨울일 수 있다
간빙기에는 유령도 잠깐 체온을 가진다

*

사냥철이다 부동액을 마신 바람, 왔던 길이 뭉개진다
돌아갈 방향이 지워져 찬송은 다음으로 미룬다

맑다는 건 어디까지 흐리단 뜻입니까
더운 국물을 끓여 주세요,

기일에 어머니는 고춧가루를 쓰지 않았다

아주 보통의 하루

타나, 이 길을 지났구나 구급차는 오지 못했다
전생은 멸종했고 내 차례인지는 모르겠다

모국어를 다르게 쓰는 사람들이 광장을 가로지른다
누군가의 생일에 촛불을 켜는 일은 의심받지 않을까
천막에 누운 이를 스친 뚱뚱한 비둘기가 방금 출발한 버스
를 바라본다, 다음 버스가 서고
승강장에서 엇갈리는 사람들, 나는 아무 일 없이
집으로 가야겠다

알람벨 끄고 머리 감고 커피를 내리는 아침 루틴
버스 시간을 체크한다 부장의 메시지를 맨 처음 열지 않기
말을 다르게 사용하는 무리와 부대끼지 않으려 헐렁한 외
투와 쇼퍼백으로 가슴과 엉덩이를 가리는 일
배운 사람답게, 법을 지키고
온전히 귀가해 포장 음식을 데워 먹고 싶다

신문 부고란이 사라진 것에 음모론을 말하는 이는 적다
집에 돌아가지 못한 사람들을 두고 당국은 아무런 설명이

없다

　타나, 넌 사람을 먹지 않을 수 없다
　단어를 더럽혀 서로 멍들게 하는 쪽이 너의 편이다

　방금 스쳐 간 것이 너일 수 있다 멸망은 모르겠지만 다 먹
고살자고
　스발바르에서 봉화에서 씨앗을 보존한다는데
　즉석밥을 공기에 담으면 가정집 냄새가 난다 맑은 눈으로,
영혼 없이,
　그레텔은 맛없는 척 빵부스러기를 흘렸다지 집에 가려고

　네가 주릴까 봐 아기를 낳아 줄 엄마는 없지 갈수록 아기
는 느리게 자라고
　당국은 유권자의 눈치만 본다
　깃발에 걸린 주장과 주술들
　음식을 끊은 이와 음식을 파는 이가 같은 광장을 쓴다
　되살릴 수 없는 하루가 구급차에 실려 있다
　나는 내일 써야 할 물건을 자정에 주문한다

"시집 속 그리운 마녀" 드디어 생긴 문

동화 속 마녀의 손톱은 아래로 굽어 있었다. 그녀는 그믐달과 부엉이 눈알과 어린애 심장을 파내 수프를 끓이는 사람이 아니었다. 혼자 놀다 돌아버린 사람, 누구도 보듬어주지 않아 등이 굽은 사람, 망토를 펼쳐 웃풍을 일으키다 자기 손톱에 찔려 죽는 사람이었다.

마녀를 고아 야금야금 먹어 치웠다. 마녀는 수다쟁이였다. 예쁜 건 몸에 해롭다거나 이름을 묻는 사람을 조심해야 한다고 일러줬다. 사랑하면 먹어 치우라고. 너처럼. 너처럼.

끝없이 속살거렸다.

내가 자랄수록 마녀는 멈췄다. 한해살이풀은 정말 한 해만 살고 싶은 식물인지 투명 인간도 망토를 다림질해 입고 싶어 하는지 대답해 주는 사람은 없었다. 그때부터

열고 싶은 마음이 문을 만드는 거라고 믿었다. 기다리면 문이 생길 거라고.

노크 소리가 들려올 동안 닥치는 대로 시집을 읽었다. 찢어진 마녀, 6기통 마녀, 결식 마녀, 연체된 마녀, 반건조 마녀…. 시집 속엔 그리운 마녀가 가득했고 난 연필심이 닳도록 그녀를 옮겨 적는 사람이 되어 있었다.

　가족과 지인들에게 나는 마녀일 수 있다. 그들을 파먹으며 살아내고 시를 쓴다.

　그러니 그대들, 온전하시기를.

　어머니의 노환이 깊다. 남은 힘을 돌아가는 일에 쓰시려나 보다. 애잔하게 바라볼 뿐이다.

　사랑하는 영채. 새해에도 건강하고 아름답기를.

　책장에 꽂힌 셀 수 없는 시인께 고마움을 전한다.

　그리고 나를 호명해 주신 심사위원님들과 《부산일보사》에 깊이 감사드린다.

뿌리뽑힌 현대인, 그 존재 방식 표현

올해 부산일보 신춘문예 시 부문 투고작은 601명의 2506 편이다. 신춘문예란 성격을 고려하여 작품의 완성도, 창의적 발상, 사회적 문제의식 등을 선정기준으로 정하고 심사에 임하였다. 그 결과 남호순의 '우주설비', 전병숙의 '야간 보안대원 Kim', 차정희의 '항상성', 전재운의 '화해', 박은우의 '셰어 하우스'가 최종 심의 대상이 되었다. 모두 당선작으로 할 만한 작품이었지만, 심사 기준을 고려하여 박은우의 '셰어 하우스'를 당선작으로 선정하였다.

'우주설비'는 보일러 수리공의 삶을 따뜻하고 아름답게 형상화한 점이 돋보였으나, 너무 이미지의 참신함에 치우쳐 사회적 삶이 관념적으로 제시되는 점이 문제로 지적되었다. '야간 보안대원 Kim' 역시 하층 노동자의 삶을 참신하고 아름답게 그려내고 있는 점이 주목되었으나, 표현의 긴밀성이 떨어지고 의미 전달이 모호해지는 부분들이 아쉬운 점으로 언급되었다. '항상성'은 현대적 삶을 살아가는 당대인의 심정을 매우 아름다운 표현으로 담아내고 있는 점이 눈길을 끌었지만, 동시대적 문제에 대한 사색이 빈약해 보이는 점이 약점으로 논의되었다. '화해'는 이사가 잦은 현대적 삶의 문제를 탁월한 이미지와 따뜻한 시각으로 표현해내는 것이 관심을 끌었으나, 시적 전개에서 표현의 긴밀성을 깨뜨리고 있는 부분이 아쉬운 점으로 지적되었다.

박은우의 '셰어 하우스'는 현대인의 불안한 주거방식을 "악취는 돌려쓰는 생활이다", "첫발부터 마지막까지 튜토리얼이다" 등 촌철살인의 포착과 깊은 사색을 통해 뿌리뽑힌 현대인의 존재 방식을 잘 표현하고 있고, 시적 발상의 정합성과 표현의 긴밀성을 잘 살려냄으로써 탁월한 능력을 보여주고 있다. 이에 심사위원들은 '셰어 하우스'를 당선작으로 정하자는 데 아무런 이의가 없었다. 당선자는 정진하여 한국 시단의 별이 되길 바란다.

심사위원_ 김경복 문학평론가, 신정민 시인

■ 서울신문 | 시

묘사의 밀도

김유진

1980년 서울 출생
중앙대학교 문예창작과 졸업, 동대학원 석사과정 중퇴
2026년 『서울신문 신춘문예』 시 부문 당선

kafka20@naver.com

묘사의 밀도

저기 회오리가 있을 것이다 보이는 것에 대한 묘사는 하지 않을 것이다

네 곁에 결코 갈 수 없다 머리카락은 마구 흩날리고 있을 것이다 네가 남자인지 여자인지 알 수 없다

보이는 것에 대한 묘사는 하지 않을 것이다 이 문장으로 앞으로도 영원히 네가 있는 지 알 수 없을 것이다 단지 거기 있는 숨의 율동

어떤 공간을 가득 채웠다가 빠르게 빠져나간다

다시 또 숨이 공간을 채웠다가 빠져나가며 주변을 빨아들인다 내게서 나온 숨이 거기 붙어 따라간다 끝까지 보이는 것에 대한 묘사는 하지 않을 것이다

하나의 숨에 붙은 또 다른 숨

떨어져 나간 숨은 외곽에 몸을 맞추고 있다 꽉 차게 몸을

부풀린 숨은

　중앙의 밀도가 낮아지고

　겹치는 숨으로 인해 꾹꾹 밀려 밖으로 표면을 붙이고 있다

　회오리의 가운데가 비어 있다는 정보는 지금 관찰한 결과
가 아니다 보이는 것에 대한 묘사는 하지 않을 것이기 때문에
이 진술은 가능하다

　사실 공기는 움직이지 않았을지도 모른다

　보지 않은 것에 대한 묘사를 시작한다 숨은 쉬어지지 않았
다 누구도 탄생하지 않았다 우리는 끝끝내 닿지 않았다

　보지 않은 것에 대한 묘사는 우리가 공간을 가진 적이 없다
고 한다 보지 않은 것들은 우리가 회오리를 거친 적이 없다고
지시한다 보이지 않는 지시는 우리가 서로의 존재를 확신하
지 못한다고 하는데

젖어 있다고 바람이 불고 천이 펄럭이고 떠나는 것들이 늘 있었다고 우리는 소통한다 묘사는 없을 것이다

단절된 분노 예상 환희 격정들이 가득 찼다 비워진다 우리는 품었던 것뿐이다

아니다 우리는 품었던 적이 없다고 묘사는 말한다 우리는 공간의 격동을 거치고 살아남은 적이 없게 된다 기억은 묘사가 아니다

보이는 것을 묘사하지 않기로 한 기억 때문에 우리는 여기 남았다

사건

　아이들 무리가 소란스럽게 다가온다 턱이 벌어져 피가 나
는 동생이 무리 가운데 있다
　놀다가 새로 깐 아스팔트 바닥에 넘어졌다고 한다 나는 어
찌할 바를 모르는데

　친한 고양이가 새끼를 맡겨놨기 때문이다 엄마가 된 얼룩
이는 얼마 전부터 해가 낮아져 주변이 노릇해질 때면 내게 아
기들을 맡기고 외출하기 시작했다
　인간이지만 내가 믿음직해서

　아기 고양이들은 야옹거리고 턱에서 피가 쏟아지는 동생
은 울고 있는데
　아이들이 비명을 지르고 아파트 단지 엄마들이 몰려온다
　동생은 김치를 상추로 담그는 거라고 우긴 나를 동네 아이
들이 놀려도 감싸줬는데
　어디선가 장대를 가져와 휘둘러 물리쳐줬는데
　나는 얼룩이 아기들을 두고 자리를 뜰 수 없어서

　동네 엄마들이 동생을 안고 병원으로 간다

김유진　97

　난 앉아서 아기 고양이들과 엄마를 기다린다 엄마는 용서
하지 않을 텐데

　얼룩이는 오지 않는다 내겐
　우유도 없고 젖가슴도 없는데 사냥은 오래 걸리겠지
　동생이 턱을 다 붙이고 왔는데 약간 훌쩍이며
　우리는 떨어져-나는 아기 고양이들과 더 가깝게 앉아서 기
다리고 있다

　내 편을 들어줄 사람은 없을 거야 나 빼고 아무도 고양이 말
을 알아듣지 못하니까
　서러워져서 동생에게 왜 이렇게 조심성이 없냐고 화를 내
고 싶다 턱을 꿰매 입을 크게 벌릴 수 없는 동생이

　바닥에 돌로 그림을 그리고 있다
　피가 마른 모양에 고기 넣고 김치 넣고 두부 넣고 파 마늘
을 넣고 찌개를 끓이고 있다

　해가 지는데 오늘밤엔 혼나도 울지 않아야지 이를 악물고

얼룩이 아기들을 쓰다듬는다

사실은 동생에게도 만져보라고 하고 싶다 밤 오는데 우리

끼리

방학

그해 겨울에는
유독 별일이 없었다

방학 맞아 내려온 시골 할머니 집
동네 입구 어귀에는 딸을 찾아다니는 어떤 아빠가 있었고
모두가 별일 아니란 듯이 지나쳤기 때문에 나도 점점 주의
를 두지 않게 됐다

옆집 미친개와 마주치지 않는 것과-몸집이 오토바이만큼
컸다
매일 닭이 낳는 알의 개수와-어제보다 늘었는지 줄었는지
할머니가 오늘은 과자를 만들어줄지-매작과라는 이름은
뒤늦게 알게 됐고
동네 사람들 모르게 우물가에서 한나절 보내기-당시엔 이
런 게 중요했다

뜨끈한 생알 하나 이 사이로 빨아먹고 속이 뒤집힐 것처
럼 긴장하며
미리 조금씩 밀어 열어둔 대문 사이로 살그머니 발 내밀어

아무 소리도 울려 퍼지지 않으면 뒤도 돌아보지 않고 우물
가로 내달렸다

할아버지 묘 근처에 있던 우물 들여다보면 깊숙이 울렁이
는 검정
사이로 가끔 희끗희끗한 빛이 스며 나왔다 그 순간 온몸에
흐르는 전율
이유 없이 좋아서 하루도 빼놓지 않고 그 장소를 찾았다

거기 빠져 죽었다는 아이와 아이 엄마
우물가 주변으로 펼쳐진 무덤 봉분들
구름 사이로 쏟아지던 여러 색 굵은 빛줄기
그리고 멀리 정자나무 아래 목줄만 남아있는 기억이
마지막 풍경이 되었는데
그때는 너무 무료했는데

미친개와 좁은 골목에서 딱 마주쳤을 때
굳은 채 처음으로 욕을 내뱉었는데-첫 욕이 뭐였더라

내 이름은 시한 사무엘

요새 아내는 목소리가 저장돼 있다며 죽은

딸의 책상을 떠나지 못하고 귀를 붙이고 있다

그런데 마주했을 때,

죽겠다 싶어서 머리부터 발끝까지 얼어붙었을 때, 먼저 피

한 건 누구였지

내겐 자꾸 고여 있는 게 보여서 주의를 산만하게 하는데

오늘 하루가 다 갔다 싶은 시간

책상에 아내가 다시 배어들고 있다

변함없이 나도 책상으로 간다

우물에 먼저 빠졌는지 뭐에 물렸는지 도무지 기억나지 않

고

누가 잡아당겼는지 먼저 목줄을 풀었는지

나무 밑을 헤맸었는지 깎아 뭘 만들었는지

시한 사무엘은 자신의 이름을 믿으면서

아내가 있었다고 아이가 있었다고 귀도 우물도 있었다고
믿으면서 살고 있다
　멀리 짖는 소리가, 힘껏 내려치는 소리가 울려 퍼지자
　책상에 고이는 것이 생겨서 쓸 수 없게 되는 게 신기했다

지옥 같은 곳… 열심히 딴생각해서 된 詩

그러니까 써야 했다, 이런 이야기가 있었으면 좋았겠다고 생각합니다. 그보다는 주로 울고, 마지못해 씻고, 먹고 먹이고, 후회하고, 보통은 딴생각을 합니다. 먼바다에 데이터센터가 가라앉아 있다는 걸 아나요. 바다를 한없이 뜨겁게 할 윙윙 돌아가는 기계들의 울림을 생각합니다. 데이터센터는 우주로도 나아갑니다. 우리보다 먼저 우리의 정보가 우주를 누비게 된다니. 우리는 이 시공간에 무슨 일을 하고 있는 걸까요.

건조한 밤입니다. 종종 사는 곳은 지옥이 됐습니다. 그 고임을 잊기 위해 딴생각을 열심히 해야 할 때가 있었습니다. 가끔 시가 됐습니다. 제 잘못과 실수로 상처받은 모든 관계에 용서를 바랍니다. 속죄하듯 써가겠습니다.

아이들이 어릴 때 색종이로 벌레를 만들어 소파 위에 올려두곤 했습니다. 느지막이 일어나는 엄마를 놀라게 하고 웃게 하고 싶어서였습니다. 팔·다리·눈·코·입과 날개·더듬이가 함께 달린 얄팍한 벌레들. 정전기 때문에 옷에 붙어 어디든 따라오던 조각들. 살다가 가끔 이상한 색종이 벌레 같은 시들을 발견하고 놀라고 웃어주시길 바라봅니다.

가장 소중한 두 아이. 그 생동이 지금 여기에 날 붙잡아 두고 살게 한다는 것 잊지 않겠습니다. 절단을 알려 준 용감한 우리 도마뱀. 떨어질 수 없는 내 가족들. 제게 방향과 길을 주신 김지승, 김승일 선생님. 구혜영, 김근 선배의 선한 가르침. 감사 전하겠습니다. 기회를 주신 심사위원님들 고맙습니다.

불투수성은 댐이 가져야 할 성질입니다. 그렇지만 투수하는 댐과 도시가 있어도 좋을 거 같습니다. 매일 저녁 몸을 코팅하고 잠들면 더는 건조하지 않을 텐데요. 마지막까지 열심히 딴생각을 하게 해 준 원고지 4매의 소감 지면에도 감사합니다.

긴장·서정성 … 보이지 않던 것 느끼게 해

이번 신춘문예에는 한강의 노벨문학상 수상 이후를 실감케 할 만큼 많은 원고가 투고되었다. 투고된 작품들은 전반적으로 그 형식과 수준이 예년에 비해 한층 다양해졌으며, 내용상으로는 '나'의 목소리와 감정을 표현하고자 하는 열망이 보다 두드러졌다. 다만 증가한 작품의 양에 비해 시 쓰기와 더불어 '나'가 깨어지고 변화되는 그런 힘 있는 시편을 발견하기는 쉽지 않았다.

한강의 노벨상 수상 이후 1년여 시간이 흐른 지금, 아마도 우리 사회는 저마다 겪고 있는 여러 문제를 문학에 대한 믿음과 열정으로 점차 상대해 나가는 것은 아닌가 싶다. 그렇기에 심사위원들은 아쉬운 마음보다도 더 큰 기대와 응원의 마음으로 다음과 같이 심사를 마칠 수 있었다.

투고된 5194편 가운데 본심에 올라온 작품은 '깃털 털기' 외 2편, '자신감 있는 자신감과 자신감 없는 자신감' 외 4편, '바깥의 미래' 외 2편, '묘사의 밀도' 외 2편이었다. 저마다의 매력과 깊이를 보여 주는 수작들로, 대표작 이외의 시편들이 대표작만큼의 참신함과 완성도를 보여 주었다면 충분히 당선작으로 선정되었을 것이다.

　심사위원들은 만장일치로 '묘사의 밀도'를 당선작으로 선정했다. 안정적인 문장들이 지성적으로 구성되며 환기하는 긴장감과 서정성은 독자로 하여금 저마다 보이지 않던 것을 보이게 하고 또 느끼게 하며, 결국엔 다시금 비우게끔 만들 수 있을 것 같았다. 그 결과가 '고작' 기억일 뿐이라 하더라도 '묘사의 밀도'를 충분히 느끼며 통과한 이들은 그것이 결코 고작이 아님을 확신할 수 있을 것이다. 당선을 축하드리며 앞으로의 행보를 기대한다.

심사위원_ 양순모 문학평론가·이병률 시인·이광호 문학평론가

크린토피아

강하라

1998년 서울 출생
서울여자대학교 중퇴
K팝 작사 및 작곡가로 활동 중
2025년 『세계일보 신춘문예』 시 부문 당선

arahgnik@naver.com

크린토피아

을지로에는 문이 없어서 문을 열 수가 없다
간판 없는 카페들이 벽돌 속에 숨어 있다
그것은 입구라기보다는 오래된 벽의 단면

우리는 손잡이를 돌린다
손잡이는 돌아가지만 세계는 열리지 않는다
어긋난 시차 속으로
두 몸이 미끄러져 들어갈 뿐

그러면 할머니는 주머니에서
붉은 실 뭉치를 꺼낸다
그것을 지도라고 불렀다

가지 말아야 할 곳들이 가고 싶은 곳들을 지우며
빽빽하게 들어차 있는

그런 건 이제 버리고 싶어
나는 손을 끌어 할머니를 의자에 앉힌다

그의 말을 빌리자면 맛대가리 없는 빵

씹는다 혀가 아리다는 것은 혀가 있다는 뜻일까

취향은 없고 씹는 동작만 남은 식탁 위에서

할머니는 계속 뒤로 간다

뒷걸음질 치는 것이 유일한 이동 방식인 것처럼

그렇게 스크린 앞으로 도착하고

이민자 여자가 산 정상에 올라 소리지를 때

할머니는 손수건으로 입을 틀어막는다

단 한 번도 소리쳐본 적 없는 목구멍이

비명을 삼키고 있었다

그것은 16:9의 화면 비율 밖으로 밀려나

어떤 울음의 총량 같은 것

그리고 빙하가 조금 녹아내렸다는 증거

나는 그가 잠든 사이 지도를 훔쳐 세탁기에 넣는다

강하라 111

울 코스를 누른다 세탁기가 웅웅거리며 붉은 선들을 뒤섞
는다 금지된 구역들이 젖은 휴지처럼 풀어지고
　철조망이 녹아내려

이제는 지도가 아니고 축축한 양털 한 뭉치

탈수가 끝난 세탁기 안에서
할머니의 구겨진 몸을 편다
그것을 들춰 업고 가로등 아래를 걷는다

붉은 혈관들이 지도처럼 다시 돋아나고 있었다
달이 잠들 때까지
우리는 어디로든 갈 수 있지

살기의 문법

하루라도 쉬면 영원히 멈출 것 같은 강박 때문에 나는 그늘
속에서 눈꺼풀을 닫지 못했다

보랏빛 수영복을 입은 여자가 우아하게 물길을 가로지르는
동안에도 물 밖에서 홀로 익사하고 있었고

오손도손 모여 카드를 돌리는 테이블 옆에서 내가 쥔 패가
무엇인지도 모른 채 잘못된 패만 뽑고 있을 때

여행과 살기는 뭐가 다르다고 생각해?
불쑥 네가 끼어들었습니다

나는 그 문장을 해독하기 위해 화려한 쇼윈도 대신 금이 간
보도블록이나 창가에 다닥다닥 붙어있는 권태로운 얼굴들을
한참 동안 들여다보았지

급발진과 급회전을 반복하는 오토바이 떼 속에서 너는 길
을 잃은 것이 아니라 아직 너의 길을 정하지 않은 것이어서

횡단보도 앞에 나란히 선 너와 나는

누구의 언어를 구사할 것인가 나를 찾아 떠난 길에서 마주
친 건 매 순간의 배경을 정직하게 반사하는 거울 속 수많은
타인들뿐인데

도무지 나는 나를 모르겠어
있잖아

여행은 마음에 드는 풍경을 골라내는 일이고 살기는 풍경
에 나를 끼워 넣는 일일까? 여행은 쉽고 살기는 어려운 일이
지 내가 말하고 우리가 중얼거린다

그런 입모양이 계속되니까

미로 속에서 길 잃은 사람들 미로가 되어가고
거울을 깨고 유리에 베인 손으로 나를 또다시 조립해 본다

우리가 되기 위해

기꺼이 부서지고 맞춰지는 건 여행자가 낼 수 없는 흉터를
나눠갖는 일
　그리하여 이 도시의 완벽한 얼룩으로 전락하는 너에게

　건네고 싶었던 건
　고작 이정도의 문법이었어 아마도

（네가 무슨 말을 하는지 하나도 모르겠어)
ฉันไม่เข้าใจที่คุณพูดเลยสักคำ
　그래도 우리 여기서 같이
　이 지긋지긋한 살기를 견뎌보자고

　아니면 여행을 할까

터전

손바닥을 펴면
내가 걷지 않을 길들이 난만하게 엉켜있습니다
태어난 시는 바꿀 수 없어
커터칼을 쥐고 일차선 도로를 냅니다

표지판을 읽을 때마다 기어이 역주행을 하고 싶어지는 건
내가 나를 헐뜯고 다시 짓는 일이 이제는 취미에 가깝기 때
문인데요

자꾸만 뼈마디 사이로 바람이 들이칩니다
이것은 추위입니까
부실한 골조를 견디는 통풍의 방식입니까

웃을 때마다 갈비뼈 안쪽에서
오래된 쇠파이프 긁히는 소리가 났습니다
병인 줄 알고 엑스레이를 찍어보았더니

어린 엄마가 내 흉곽 안쪽에서 위태롭게 비계를 매고 있
었어요

집이 되기 위해 스스로 자재가 되어버린, 그의 뼈를 훔쳐 쓴
나는 실패한 초고입니다

홀로 설 때마다 내 안의 여자가 으깨지는 소리를 들어요 그
런 층간 소음이 계속되면
이어플러그로 귀를 막습니다

시멘트 가루를 물도 없이 털어 넣는 건 내 안의 거푸집이
영영 굳어버리길 바라는 기도같은 것 그렇게 아무도 살 수 없
는 폐가가 완성된다고

입주 금지
영원히 준공되지 않을

이 집에 당신은 놀러와 줄래요?

"평생 짝사랑한 詩, 마침내 손을 맞잡다"

이해할 수 없습니다. 여전히. 예측이 돈이 되는 세상에서, 왜 작가들은 도래할 세계를 적중하면서도 그 세계 바깥에 서 있는지. 정답을 직시하면서 왜 빗나가려 하는지. 왜 나는 그들이 지어둔 세상을 동경해 왔는지. 어긋난 시차의 시인들이 부러웠고, 당신들의 길을 가고 싶었습니다. 하지만 그렇게 뒷걸음질 치다가도 틈만 나면 워터파크의 유속에 떠밀려갔어요. 그것이 바로 내가 원했던 것인 마냥. 하지만 시가 무슨 의미가 있지? 이것이 헛되다는 생각이 들 때면 헛된 시, 헛된 문학, 헛된 음악, 헛된 삶. 그러니 제게 남은 아무것도 의미가 없었습니다. 이건 좀 절절한 사랑 고백 같죠?

아무도 읽어주지 않는 글을 쓰고 있었습니다. 슬픔도 그냥 슬픔이 아니라 한 번도 번역되지 못한 슬픔을 쓰고 싶어 펜을 들었습니다. 평생 해온 짝사랑은 모두 여기로 흘러왔습니다. 손을 뻗어 세상에 매달릴 때마다 삼 초도 버티지 못하고 떨어지는데 왜 나는 무릎에 묻은 흙을 툭툭 털면서 다시 일어서려 할까. 왜 자꾸 사랑하고 사람을 믿을까. 시의 힘을 빌려 미친 나를 의문했던 날들. 그 속에서 계속해 힘을 냈습니다. 다시 사랑하기 위해서. 그것도 아주 전속력으로, 최선을 다해. 아마 그건 당신도 마찬가지겠지요.

자신이 왜 힘껏 무언가를 잡으려 하는지 모르겠어서, 자꾸만 손바닥을 들여다보는 사람들의 손을 맞잡아 주는 사람이 되고 싶었습니다. 그리고 이제는 그럴 수 있을 것 같습니다. 이곳에서 제 손을 잡아준 사람들이 있기 때문에.

제가 이제껏 감사를 전한 사람보다 앞으로 더 감사할 사람들이 많을 것입니다. 그러니 이 글을 끝까지 읽어준 당신들에게 저의 모든 사랑과 기쁨과 평화를 전염시키겠습니다.

"인간 실존의 난경 은유해가는 필치 감탄"

이번 2026년 세계일보 신춘문예 시 부문 예심 통과작들은 스스로의 경험적 구체성에 정성을 들임으로써 가독성과 진정성을 키운 시편들, 익숙한 의미론적 완결 구조보다는 끝없이 이어져 가는 환유적 언어 개진이 압도적 장면을 구축하는 가편이 많았다. 오랜 고민 끝에 심사위원들은 시어의 개성과 시인으로서의 지속 가능성을 보여준 강하라씨의 '크린토피아'를 당선작으로 결정하였다.

'크린토피아'는 전문 서비스점에서 세탁기를 돌리는 화자와 먼 옛날 붉은 실뭉치로 지도를 짜던 할머니를 대칭적으로 구성하여 오랜 시간을 사이에 둔 삶의 페이소스를 자아낸 명품이다. 일상을 살아가는 이의 내면적 고통과 그로 인한 실존적 반응의 연쇄를 소환하면서, 삶에 대한 예민한 관찰과 묘사를 통해 인간 실존의 난경(難境)들을 은유해 가는 시인의 필치가 예사롭지 않았다. 낮은 목소리에 얹힌 비명과 울음의 총량이 할머니의 삶으로 이어지면서, 비록 열리지 않지만 지도처럼 다시 돋아나는 삶의 역설적 희망을 건네주고 있다. 탈수가 끝난 세탁기 안에서 할머니의 구겨진 몸을 펴는 화자의 마음이 붉은 혈관처럼 감동으로 나직하게 전해진다.

응모된 다른 작품들도 균질성과 지속성을 예감시키는 수준 작이라고 심사위원들은 판단하였다. 그 점에서 당선자의 시편이 가지는 공감의 능력은 폭넓게 인정받을 수 있으리라 기대해 본다. 좋은 신인을 얻어 마음 깊이 반갑다.

마지막까지 논의된 '유채와 무기력'의 슬픔을 해석하는 경쾌하고도 유니크한 정점의 감각, '과녁의 뒤쪽은 누군가 빠져나간 모양이다'의 자아 인식의 중층성에 대한 개성적 관찰과 표현도 매우 귀한 사례였다는 점을 부기하고자 한다. 다음 기회에 더 좋은 성취가 있을 것을 기대하면서, 응모자 여러분의 힘찬 정진을 당부 드린다.

심사위원_유성호·안도현

조금 늦었지만 괜찮아

연우

1996년 출생
서울예술대학교 문예창작과 졸업
연세대학교 대학원 국어국문학과 석사 수료
2026년 『조선일보 신춘문예』 시 부문 당선

xwinter1113@gmail.com

조금 늦었지만 괜찮아

조카만의 규칙

보이지 않는 선을 그려놓고 나는 넘어오지 말라고 한다 아이들은 동시에 여러 역할을 수행할 수 있다 오른손은 송곳니 없는 개의 입 왼손에는 칼을 쥔다 아직 울지 마요 이모가 바라는 걸 구해올게요 말한다

무엇을 구해올 거니?

할머니를 구해올 거예요

어디에서?

할머니 안에서요

나는 등뼈 하나를 놓친다

데구르르 굴러가다 고모가 밟고 넘어진다

고모는 우울증 환자라 실비도 없는데 큰일 났대요

울지 않는 아이들은 씩씩하게

옷장 속에서 튀어나오고 쌓아둔 방석 위로 뛰어내린다 정말 용감하구나

그 안에 뭐가 있었니?

방금 전까지
할머니가

더 낮게
허리를 접는다
무너지지 않게 손끝으로
아이의 말 밑을 받친다

조카는 벽을 두드린다
벽이 아니라 뻥 뚫린 초원을
할머니를 내놔!
두 주먹이 하얗다
그러면 뱀처럼 얇고 길어진 할머니가 쑥 하고 튀어나올 것
처럼

아이는 뛰어다니며 모든
사람들의 표정에 대해 간섭한다

조카가 손가락질하면 다들 입을 뗀다

밥맛이 좋군요
비가 오지 않네요
그제야 주변이 생겨난 것처럼

조카는 옆 호실에 뛰어들어갔다가 하얀 그릇을 손에 쥐고
나온다 그건 돌려줘야 한단다 하지만 어른들이 내게 쥐여 줬
어요 밥을 꼭꼭 씹어먹으라고 했어요

아이는 수저로 식탁을 두드리다
가장 아낀다는 분홍 스티커를 할머니 사진에 붙인다
내가 정말 아끼던 사람이었어요…

아이니까요
아이니까
그래서 더 무섭다

조카가 내 등을 두드린다 무언가가
쑥
뼛속에서 나오려는 것처럼

나는 무릎을 모으고
작아진다

그제야 조카가
기쁜 얼굴로 나를 안아 준다

괄호

  우리는 커다란 벽 안에서 살았다 그곳엔 해변도 불도 있고
바람도 불었다

  소금기가 벤 몸을 맞대며 함께 식사를 하고 잠에 들고
깨어나면 가장 먼저 서로의 작은 얼굴을 더듬었다
내가 된다는 건 너무 어려운 일이야
19세기 아프리카 대륙의 분단만큼
어려워
우리를 우리라고 부르기 위해서는 세심한 구분이 필요했
지만
그것이 일직선의 국경 같은 걸 말하는 것은 아니다

집은 어디에 있지?
가장 어린 아이가 울음을 터트렸다

해변가에서 모래를 쌓았다
작은 모래성
바닷물이 밀려오고 빠져나갈 때마다 잠시 형태를 유지하는

무언가를 지키고 싶을 때는 그것이 무너지는 모습을 상상
하면 안 돼

우리는 집에 대해 궁금해졌다 어린 우리는 집의 구조와 수
많은 전류의 작동을 이해할 수 없다 벽과 지붕과 바닥이라는
삼요소의 건축물 그러나 그 많은 자재를 어디서 구하지

집이 무너질 땐 무엇이 먼저 꺼지는지

우리는 싸웠고 화내거나 우는 날들이 이어졌다 해안가로
망가진 기계와 신이 함께 떠내려왔을 때 우리는 집을 부수
기로 했다

집을 훼손하기 위해서 집을 오독했다
똥통 판자때기 거대한 구멍 구닥다리 썩은 계란
외칠수록 외로워졌다

불이 불이기를 포기할 때까지 곁에서 몸을 데웠다
우리는 조도에 따라 달라지는 표정을 가지고

매일 같은 놀이에도 다른 규칙을 붙였다

통통한 관자놀이는 영혼의 주머니라고 믿었다

누군가 집이 어디니 물으면

우리는 집이 없다고 말하며 벽 너머를 가리켰다

가끔

우리는 우리를 모르고 지나치기도 했다

한 번만 더

감당할 수 있는 슬픔까지만 이야기하기

셔틀콕이 공중에 머무를 동안
너와 나는 그것이 떨어질 위치를 가늠하기 위해 애쓰고 있다
바닥과 맞닿는 순간을 지연시키기 위해

체육관 강당에 누워 있으면 바닥의 박동이 들려
다른 크기와 모양의 발들이 만들어내는

우리의 사이로 떨어지는 셔틀콕

이건 허락할 수 있는 장면

결혼 같은 걸 해 보면 어때
검은 머리가 하얗게 세는 것을 바라보는 거
함께 손의 물기가 마르지 않는 날이 연속된다면
망가진 가구와 가전제품쯤은 한숨 한 번 쉬고 넘길 수 있
다면

강당 문을 열고 들어온 아이가
땀 냄새를 풍기며 너의 품에 안긴다
자신을 닮은 아이를 보며
너는 내가 닿지 못할 미래를 완성했을지도 모른다

여기에서 그곳까지
다시 시작하기

너와 나는 물비린내를 맡으며 개천가를 걷는다 언젠가 너
는 가출을 하고 저 다리 밑에서 새우잠을 잔 적 있다고 한다
나이 든 노숙자들이 빈 술병을 껴안으며 가는 풍경이다 잘 갔
을까 그들의 목적지를 떠올릴 수 없고

너는 다리 밑에서
발견되기 위해 몸을 웅크린 채로 오랫동안 기다린다
멈춰 있는 시간처럼 보여서
그 모습을 오래 지켜본다

너는 자신을 닮은 아이를 낳았을 것이다

그 아이가 자라서 학교에 가고 성숙해지고
다투기도 하는 순간을
나는 볼 수 없을 테고
너의 기쁨은 나의 등 뒤에서만 시작되고

딱 여기까지만 내가 바라볼 수 있는 장면

이것 좀 봐
그림자가 커지고 있어
저녁이 되면 가로등이 켜지고

불빛은
불빛으로부터 멀어지는 사람을 희미하게 만든다

너는 넓은 계단 위에 웅크리고 있던 무릎을 편다

셔틀콕이
바닥으로 툭 떨어진다

이 계단에서 먼 길의 끝까지

고개를 돌리면

폐건물의 현수막이 펄럭인다

슬픔을 비눗방울로 빚는다 …
그 터진 부산물이 내 詩다

　죽으면 관을 들어줄 사람 여섯이 필요하다. 우리는 벌써 셋이나 있어서 다행이라고 친구가 말했다. 한 명이 죽으면 나머지 둘을 위한 하나를 계속 섭외하자는 제안도. 그 하나가 계속 이어지는 아름다운 세상을 상상했다. 그건 사랑의 방식이 분명했다.

　"내가 신이라면 당신을 특히 사랑할 거야. 당신은 부당하게 불행했으니까." 에릭 로메르 '겨울 이야기'의 대사다. 주위에는 부당하게 불행한 것들이 많고 그들을 사랑했지만, 나는 신이 아닌 평범한 사람이라서 사랑을 소화하지 못하곤 했다. 불행을 불행으로 보존하는 힘을 조율하는 게 세계라는 걸 곧 알게 됐다.

　그래서 친구들과 규칙을 만들었다. 슬플 땐 울거나 위로하면 반칙이다. 서로를 웃겨주며 슬픔을 가벼운 비눗방울로 빚는다. 높이 떠오르다 터진 비눗방울의 부산물이 나의 시였다. 여름에는 사랑하는 이들과 눈사람을 만들고 겨울에는 밤수영을 하며 세상을 역행하고 싶다. 우리가 틀렸다는 사람들에게

틀리지 않았다고 천 번 외치고 싶다. 귀신처럼 모든 틀의 밖에서 아름다우면 좋겠다. 시를 쓴 지 15년, 딱 인생의 절반이다. 모두의 애착 인형이나 애착 티셔츠가 영원했으면 좋겠다는 마음으로 사랑하고 시 쓸 것이다.

내적 동기를 언어로 이끌어주신 조강석 선생님, 사랑의 형태를 알려주신 김지은 선생님, 늘 응원해주신 채호기, 이원, 송종원, 김경후, 정한아, 서대경, 이영주, 희 선생님께 감사드린다. 다정한 사랑을 보여준 겸과 지리멸렬한 날들 속 서로를 읽어준 친구들도. 엄마가 좋다고 가르쳐준 건 아직도 최고라고 믿는다. 폭닥폭닥한 캐시미어와 정직한 마음 같은 것. 아버지는 세상에서 제일 똑똑하고 오빠는 선함의 천재다. 변방에 있던 제 시의 등을 힘껏 밀어주신 심사위원 선생님들께도 감사드립니다.

독자의 마음을 '간섭'하고
'주변'을 만들기를 기대

시는 제격의 문(紋)과 문(問)과 문(門)을 담지한 언어의 그릇이다. 살아 있는 모든 것들의 생각과 마음을 헤아리고 해방시키고 이끌어내는 힘을 가진 문들 말이다. 그런 문들이 빚어내는 새로운 그릇됨, 그러니까 시됨을 가늠하는 일은 분명 설레고 즐거운 일임에 틀림없다. 본심에 오른 열한 분의 작품은 역대급 응모 작품 수를 증명이라도 하듯 시적 완성도가 높았다. 최종 논의의 대상이 된 네 분의 작품은 당선작으로 내놓아도 손색이 없을 정도로 시적 개성과 완성도를 담보하고 있었다.

'싱크홀'은 시적 사유와 개성이 돌올했다. 삶 속에서 맞닥뜨리게 되는 싱크홀들, 이를테면 추락 혹은 죽음, 윤리적 파탄을 감각화해내는 시적 통찰과 사유에 힘이 있었다. 때로 설명적 진술이 아쉬웠다. '세이브'는 가족과 공동체의 해체적 징후를 사회적인 이슈와 연결시키는 묵직한 현실 응시의 시선이 좋았다. 시 창작의 구력이 미더웠으나, 완결된 구조가 갑갑하게 느껴지기도 했다.

그리고 남은 두 분의 작품은 오랜 숙의의 과정을 거쳤다.

‘림보’는 존재와 부재, 산 자와 망혼 사이에 존재하는 경계
의 징후를 포착해내는 웅숭한 감각이 눈에 띄었다. 끝까지
고민했으나 기시감 있는 아포리즘과 비약적 진술이 마지막
낙점을 망설이게 했음을 밝혀둔다.

　최종적으로 ‘조금 늦었지만 괜찮아’를 당선작으로 내놓는
다. 할머니(의 죽음과 슬픔)를 구하기 위해 “옷장 속에서 튀어
나”온 듯한 조카의 활약상은 혁혁하다. ‘간섭’하면서 ‘주변’을
만들어내는 조카의 무해한 생명력과 무애한 상상력을 통제하
는 정련된 메시지와 성찰은 시적 숙련과 시적 가능성에 대한
믿음을 주었다. 이 새 시인이 빚어낼 시의 그릇됨이 많은 독
자의 생각과 마음을 ‘간섭’하고 ‘주변’을 만들기를 기대한다.

심사위원_정끝별 시인·문태준 시인

고해성사

사강은

경기도 성남시 출생
한신대학교 철학과 졸업
2026년 『한국일보 신춘문예』 시 부문 당선

saganeun@naver.com

고해성사

오늘 경찰이 내 집에 들이닥쳤다

　문을 두드리거나 초인종을 누르지도 않고 여기서 뭐 하시
는 거예요 내가 할 말을 경찰이 했다 이러시면 어떡해요 분
명 내가 해야 할 말 같은데 나를 연행했다 아무것도 안 했는
데 수갑을 채우고 서로 데려갔다 원래 이런 식으로 이뤄집니
다 생각해 보니 드라마나 영화에서 그랬던 것 같기도 그것들
은 현실에 기반한 이야기니까 이런 식이 맞는 것 같기도 죄는
나의 것이고 벌은 경찰의 것이라 했다 역할은 바뀔 수 없어서
그 사실 역시 바뀌지 않을 거라 했다 묵비권을 행사할 수 있
다 해 놓고 나 먼저 말해 보라 했다 아무것도 알려 준 적 없으
면서 대답하라 했다 하지 않은 일을 하지 않았다고 증명하라
했다 언제 어디서 일어난 일인지 말해 주지도 않고 알리바이
를 성립시키라 했다 나는 드릴 말씀이 없었다 취조는 인정할
때까지 계속됐지만 알지 못 하는 일을 인정할 수 없었다 나는
할 수 있는 게 없어서 불쌍하게 눈물을 뚝뚝 흘렸다 그러자
유리창 건너편에 있던 다른 경찰이 들어오더니 증거가 없어
서 풀어 드린다고 원래 법이 그렇다고 한숨을 푹푹 내쉬었다
이것도 어딘가 많이 본 장면 같아서 감사합니다 대신 나도 모

르게 죄송합니다 소리가 나왔고 경찰서는 문 닫을 시간이 됐
다 조사실 밖 마지막 계단까지 내려가 바닥에 도착하자 더 이
상 경찰서가 아니었다 그때 평생 지었던 죄가 모조리 기억났
다 손목에는 수갑 자국이 희미하게 남아 있었다

　나는 내일 자수할 예정이다

모노드라마

중고로 산 조명이 켜진다 오 평 방 안 삼 평만큼 밝아진다
매일 바뀌는 층간 비지엠 쿵쿵 아니면 둥둥 박자를 갖고 놀고
난방비 때문에 돌려 끈 보일러 이곳의 온도를 변주한다 차분
하게 내려앉는 분위기 대사 뱉기 알맞은 세팅 무대에 서기 전
연습은 많을수록 좋으니까 일주일 전부터 쌓인 설거지 하며
한 마디 뱉자 싱크대에 엎어진 식기들이 깽깽 대답한다 나도
비슷하게 깡깡 계속 푸념하니까 그러니까 독백은 아니지 어
제 남긴 배달 음식 데우면 전자레인지가 삼 일째 떡져 있던 머
리 감을 때 세면대 전환 레버가 내일 돌아갈 싱크대 밑 빨간
국물 묻은 세탁기가 나보다 더 요란하니까 그러니까 독백은
아니고 왜 행복은 늘 즉흥인데 불행에는 대본이 있는지 장면
은 계속해서 변주되는데 세트가 그대로인 이유는 예산이 부
족한 건지 투자가 어려운 건지 나는 역할에 충실한 배우일 뿐
이라 모른다 환기를 위해 주방 작은 창을 열었다가 너무 추워
서 끼그덕 얼른 닫았다 관객은 앞으로 널려진 미래뿐 불을 끌
수는 없다 침대와 조명이 너무 멀리 있어서 한 번 누우면 감
히 허리 삐끗 일으키기 귀찮으니까 그러니까 쉿 이건 모두 당
신들에게만 주는 방백

로드킬 스테이션

　길고 긴 나무 우거진 산속. 어두운 터널. 강원도 초행길. 출구까지 4킬로미터. 목적지까지 1시간 10분. 내비게이션에서 들리는 유쾌한 여자 목소리. 뒷좌석은 모두 숙면. 숨소리. 라디오에서 누군가 웃고 웃음 뒤에 잠시 침묵. 뿌연 앞 유리에 와이퍼 한 번. 또 한 번. 다른 방식으로 물기. 물기 위에 희뿌연 잔해. 흐려진 시야. 시야 다음 철컹. 철컹하고 묵직. 지나가기.

　지나쳤다. 철컹하고 묵직.

　뭐였을까?

　휴게소. 지워진 주차선. 주차선 벗어난 봉고차와 트럭들. 튀김 쩐내. 냄새 위에 얹히는 상상. 닳은 바퀴. 그 위에 묻은. 코너 뒤 화장실. 변기 가장자리 배설물. 유심히 보다가 휴지걸이에 손. 휴지 아닌 차가운 쇠. 쏴아아하고 잔잔. 물 내리고 잠깐. 멈춰있기.

　멈췄다. 쏴아아하고 잔잔.

뭐였을까?

　시동 걸고 배기음. 뒷좌석에서 모두 휴게소 음식 물고 오물오물. 오물대다 창밖. 닫힌 창문으로 새어드는 확성기. 사과. 사과요. 당도 높고 실한. 뒷자석에서 모두 기상. 속력 올리고 트럭 질주. 투둑투둑 떨어지는 사과 몇 개. 좌회전 우회전 꺾어지며 투둑투둑. 따라서 속력 올리자 잦아드는 소리. 끝없는 도로라서. 혹은 다 터져 과즙 돼서. 뒷자석은 음식 두고 손가락 오물오물. 피 터져도 계속. 계속해서 달리기.

　달렸다. 투둑투둑 터지기.

　뭐였을까?

　깜빡하고 졸음쉼터. 뒷좌석처럼 깜빡. 깜빡대다 꾸벅. 라디오 광고 음악. 청소업체 광고 음악. 깨끗하고 깔끔하게. 전부 치워드려요. 문득 타이어. 철컹하고 묵직했던 잔해. 피로한 목소리로 내비게이션 여자. 목적지까지 10분. 목적지까지 10분. 그럼에도 쏟아지는 졸음에 깜빡. 생각해 보니 옛날에. 열

살 때. 할머니 댁. 도살장 끌려가던 소. 불현듯 그 기억이. 자
주 꾸던 꿈. 다시 졸음에 깜빡. 그사이 지나치는 똑같은 도로.

도로였다. 깜빡하는 꿈.

조금 알 것 같다.

운전대 잡고 도착한 목적지. 깜빡. 주차 요금 10분당 1천
원. 바다. 주차 요금을 잊게 하는 찬란한 바다. 그 사이로 보
이는 사람. 사람들. 휴가철 죽은 눈빛. 모래바람에 충혈. 미간
에 인상. 뒤돌아보니 뒷좌석에는 아무도 없고. 창문 없이 휑
한 바람. 그리고 여전히.

모르겠다.

백미러 아래 달랑거리는 십자가 모형.

움직인다.

뒷바퀴에 묻은 잔해 비추는 백미러.

움직이지 않고.

운전대 놓고 의자를 뒤로 빼서 누웠더니 해가 졌다.

드디어 아무것도 보이지 않았다.

이제는 기대를 기대답게,
사랑으로 나는 걷고 싶다

제자리에 정돈된 사람이 되고 싶었다. 나는 늘 내 자리를 잘 찾지 못했다. 이곳으로 가면 저곳이, 저곳에 가면 또 다른 곳이 보였다. 내 자리가 있을 것 같아 가보면 텅 비어 있었다. 그런 곳들에라도 속하고 싶어 몸을 우겨 넣어 봤다. 자리 잡지 못하고 세계 안에 무리하게 끼워진 것 같았다. 세계가 나를 낯설어하는 만큼 나도 세계가 낯설었다.

그럴 때마다 읽었다. 읽는 동안은 쫓겨날 일이 없었다. 머무르지 못해 슬퍼할 필요도 없었다. 한 권이 끝나면 또 다른 한 권으로 가면 될 뿐이었다. 문장을 쫓다 보면 정신이 팔려 어디 서 있었는지조차 잊혀졌다.

그래서 쓰게 됐다. 어딘가에서 누군가 나처럼 읽고 있을 것 같아서. 그런 기대를 하는 동안은 외롭지 않아서. 종잇장에 기대어 눕던 몸을 일으켜 두 발로 서 봤다. 감히 나도 누군가를 다독이고 싶어졌다. 쓰고자 해서 쓴 게 아니었다. 쓰다보니 써졌다. 써졌기 때문에 비로소 보였다. 나는 그걸 다시 옮겨 적을 뿐이었다.

겨우 막 일어선 나에게 걷는 법을 알려준 이름들을 적고 싶다. 김대오 교수님, 김희정 교수님, 윤평중 교수님. 덩그러니 서 있던 저에게 이곳저곳을 보여 주셔서 마침내 저 이 자리에 왔어요. 건방진 시작을 침착한 기대로 바꿔 주신 서윤후 선생님, 구부정했던 제 시를 펼쳐 주신 이영주 선생님. 평생 읽은 책 페이지 수만큼의 두꺼운 마음을 보내요. 진심으로 감사합니다.

기꺼이 나와 걷는 나의 사람들도 이곳에 불러본다. 나의 영감인 엄마, 나의 근원인 아빠, 나의 영원한 선배인 동생에게. 사랑한다는 말로는 부족하니 더 오래 말할 기회를 줘. 흠집 난 내 믿음에 자주 땜질해 주는 하영에게. 네가 바라는 내가 내가 바라는 나인 거 알지. 비관 속으로 굴러 떨어지려는 나를 긍정으로 붙잡는 고은에게. 앞으로도 온전히 서로를 위하는 우리가 되자. 그리고 나의 예술가 소연, 지연, 지현 언니, 영현 오빠에게 존경과 감사를. 순도 백 퍼센트의 축하를 보내 준 은수, 성아, 윤아, 민정, 주희, 서희에게는 응원과 행운을. 오히려 내가 보내 주고 싶어. 내 몫까지.

더 많이 쓰고 읽힐 수 있도록 기회 주신 심사위원 세 분과 지면 나눠 주신 한국일보에도 감사드립니다. 마지막으로 제가 미처 다 알지 못하는 도움들 앞에 조용히 무릎 꿇어 봅니다.

어딘가를 향해 간다는 것. 그 사실이 이제야 기쁘다. 이제는 기대를 기대답게 쓰고 싶다. 희망. 한 번도 입에 올린 적 없던 그 말처럼. 사랑. 사랑으로. 나는 걷고 싶다.

"개인적 고뇌와 사회적 문제 중첩 …
한층 입체성 띤 사유"

　　수준 높은 응모작들을 살피며 시인으로서 기분 좋은 자극을 받았다. 어느 해보다 복잡하고 다난한 한 해를 지나며 시의 언어와 사유도 그에 대한 응전으로 한층 입체성을 띠는 듯했다. 개인적 고뇌와 사회적 문제의 중첩이 여러 시에서 보였고, 어떤 문장과 맥락에서 폭발하기도 했다. 시가 가진 매력이자 힘이었다. 시를 쓰는 순간만큼 우리는 결과물의 수준과 상관없이 폭발의 가능성을 안고 있다. 하여, 모두가 시인이 된다. 그러나 심사는 모두를 시인으로 부르고자 하는 절차가 아니다. 한순간 시인이었던 주체 중, 계속하여 시인이 될 한 사람을 뽑는 행위일 것이다.

　　전반적으로 시가 길어졌다. 시가 꼭 짧아야 할 이유는 없겠으나, 반대로 길다면 긴 연유가 있어야 한다. 긴 시의 부자연스러움은 산문시보다 되레 행 구분이 확연한 시에서 도드라졌다. 많은 시에서 따로 독립된 한 줄은 독립된 만큼의 의미를 지닌다. 그 의미를 지탱하지 못한 문장이 종종 보였다. 혹은 표현하고자 하는 주제가 과도하게 노출된 알레고리로 인해 납작해진 시도 있었다. 시의 모든 주제는 꼭 필요한 명제

일 테지만, 그것이 시가 될 때 어쩌면 쓸모없어지기도 한다. 그게 꼭 나쁜 일만은 아니다.

이러한 논의 끝에 '검도' 외 4편, '무엇이 사랑할 수 있을까' 외 4편, '농성' 외 4편, '고해성사' 외 4편을 두고 최종적인 논의가 이루어졌다. '검도'는 다소 낯선 소재로 시적인 것을 취하는 세련된 방식이 돋보였다. '무엇이 사랑할 수 있을까'는 시어의 운용과 구성이 자유롭고 과감하여 읽는 재미를 더해 주었다. 다만 응모작의 편차가 있어 끝내 선택하기에 조금의 아쉬움이 있었다. '농성'은 마지막까지 손에서 놓기를 주저한 원고였다. 그의 모든 응모작이 품고 있는 현실 참여에의 의지가 거칠다면 거칠고, 새롭다면 새로웠다. 거칠되 새로운 것은 언제나 신인의 미덕이 되어왔다. 다만 대부분의 시가 각주의 설명에 기대어 의미망이 형성된다는 점은 아쉬웠다. 더 용기를 낸다면 새로운 정치시의 지평을 열 수 있으리라 기대한다.

최종적으로 당선작은 '고해성사'로 결정되었다. 응모작 전체에서 시의 길이와 리듬, 형식과 주제 모든 면에서 균형감 있는 새로움을 선보였다. '고해성사'는 산문시가 드러낼 수 있는 최대한의 리듬감을 가지면서, 산문시의 장점이라 할 서사성을 갖추었다. 명징한 메시지를 유연하게 풀어가는 능력과 희미한 상징을 뚜렷하게 표현하는 감각이 새로 태어날 시인에게 신뢰를 보내게 한다. 짧은 꿈인 듯하면서 굳건한 현실인 듯한 이 시에서 우리는 마지막에 와서야 각자의 손목을 쳐다보았다. "수갑 자국이 희미하게 남아 있"는 듯하여.

모든 응모자에게 감사의 마음을 전한다. 새해, 모두에게 다정한 문운이 깃들길 바란다.

심사위원_강성은 서효인(대표 집필) 손택수

2026

신춘문예
당선시집

시조

꽃이 된 글씨체

김순호

1965년 안동 출생
경주문예대 수료, 동리목월 문예창작반 수료
2026년 『동아일보 신춘문예』『농민신문 신춘문예』 시조당선

ksh1663@hanmail.net

꽃이 된 글씨체

글이란 씨앗들이 응어리를 풀고 있다
가슴에 묻어둔 말 쭉정이가 다 됐어도
갈증 난 어둠 속에서
물이 올라 눈 뜬 시간

문해교실 화분 속 오래 묵은 뿌리들
깜냥껏 밀어 올려 뻗어가는 흘림체
불거진 손끝 마디마디
환한 길 피고 있다

남은 숨 불어넣는 꽃주름 버는 소리
굴곡진 삶의 줄기 향기로 감아올린
활짝 핀 칠곡 할매체 부푸는 꽃잎활자

비의 발자국

더 버틸 난간도 없는 바닥이 전부였다
수직으로 떨어진 숨소리도 납작해져
젖은 발 멈춰 선 거기 디딤돌을 놓는다

연잎 위로 뛰어내린 구슬의 번지점프
아슬한 순간에도 놓지 않은 결심 한 알
내 안의 투명한 물빛 밀어 올릴 발색의 꿈

도약이 절실할 때 몸의 길 밟고 간다
알알이 삼킨 울음 일떠서는 일곱 빛깔
굴절된 비와 빛 사이 가로지른 다리 하나

그 구둣방*의 대화법

나아갈 세상 밖을 더듬는 발자국들
보이지 않는 사람과 들리지 않는 사람이
서로의 눈과 귀가 되어 환한 꿈을 짓는다

틀수한 소가죽을 본떠서 덧대주며
말꽃이 필 때마다 박음질은 단단해져
울력의 한 호흡 사이 구두코가 웃는다

한 땀씩 깁다 보면 굳은살도 아리지만
막막한 삶의 바닥 구두끈을 바짝 여며
잡을손 길을 펼치는 보이는 귀 들리는 손

*눈이 안 보이는 CEO와 귀가 안 들리는 직원들이 모여 수제 구두를 만드는 곳

천년 흘러온 문학의 강줄기에
물 한 방울 되도록 노력

"왕관을 쓰려면 그 무게를 견뎌야 한다." 셰익스피어가 남긴 말입니다.

꿈에 그리던 신춘문예 당선, 제게는 왕관만큼이나 영광스럽습니다. 그러나 벅찬 기쁨보다 왕관의 무게와 이름에 값해야 한다는 두려움이 마음을 짓누르는 것만 같습니다. 이제 시조라는 밧줄에 영원히 묶여 버렸습니다. 시상을 떠올리고 그 얼개를 짜는 일에 한순간이라도 소홀히 해서는 안 될 것 같습니다.

시조는 천년을 굽이쳐 흘러온 우리 문학의 큰 강이라고 했습니다. 그 도저한 강줄기에 저도 한 방울의 물이 될 수 있도록 시의 혼을 부지런히 갈고 또 닦겠습니다. 시조 3장의 아름다운 정형 위에 시조만이 드러낼 수 있는 정갈하면서도 활달한 언어 미학을 얹고 싶습니다.

오래전 경주문예대학을 수료하고 동리목월문학관에서 시 합평을 할 때, 손진은 교수님이 제 시가 시조의 호흡과 가깝다고 방향을 틀어 주셨습니다. 교수님이 주신 좋은 자료와 응원, 그리고 유튜브와 독서 등을 통해 시조의 정석을 배우며 간결함 속에 큰 울림을 거느리는 시조의 매력에 빠져 오늘 이 벅찬 자리까지 오게 되었습니다.

촘촘하게 채우지 못한 성근 행간의 여백에 덜컥, 과분한 상을 안겨 주신 심사위원 선생님께 고개 숙여 깊은 감사의 절을 올립니다. 두 분 심사위원님의 결정에 누가 되지 않도록 매진하겠다는 다짐을 드립니다. 저에게 꿈같은 기회의 장을 열어 주신 동아일보사에도 마음 담아 감사드립니다.

"점심은 알아서", "못 가요", "나중에", 이런 말 다 받아준 그런 사람이 옆에 있어서 참 고맙고 행복합니다.

수틀에 앉힌 내간체의 그림 같은 작품

올해 투고 작품에는 시조 형식을 제대로 숙지하지 못한 원고가 많았다. 열망에 상응하는 수준 높은 교육이 제공되지 못하고 있는 시조 현실이 가슴 아프다. 초등과 중등 과정에 시조 창작에 관한 교육과 학습이 반드시 이루어져야 한다고 생각한다. 나아가 대학의 문예창작과나 여러 평생교육기관에서도 현대 시조 창작에 관한 과정을 다루었으면 하는 바람을 가져본다.

응모작 중 최종까지 우열을 다툰 작품은 '점묘의 사계', '양파의 기원', '아버지의 등', '시리우스의 밤', '꽃이 된 글씨체' 5편이었다. '점묘의 사계'는 단시조의 묘미를 보여주는 작품이다. 같은 응모자의 다른 작품 '그림시'에서의 시도 또한 주목받을 만하다고 생각되었다. 다만 사유의 깊이 면에서 다소 아쉬움이 느껴졌다. '양파의 기원'은 적절한 발상과 시조 형식을 원용해서 만들어내는 결구의 매무새가 믿음직스러웠지만 신춘에 펼쳐 놓기에는 조금 어색하고 부족함을 느꼈다. '아버지의 등'은 가정을 이끌어 가는 아버지의 모습을 힘 있고 건강한 메시지로 그려냈지만 새로움을 발견하기 어려웠다.

'시리우스의 밤'은 적절한 서정성과 재치 있는 문장으로 개성적인 매력을 보여 주었다. '꽃이 된 글씨체'는 노년의 서사를 잘 표현해낸 시조였다. 이 두 작품을 놓고 마지막까지 고심하다가 수틀에 앉힌 내간체의 그림 같은 김순호 씨의 '꽃이 된 글씨체'에 영광을 돌리기로 최종 결정했다. 아울러 그의 다른 작품들 또한 이 결정에 긍정적 영향을 미쳤음을 밝히며 시조시인으로서 대성하길 기대하고 또 빈다.

심사평_이근배·이우걸 시조시인

1인칭의 저녁

이복렬

1944년 전남 장흥 출생
한국방송통신대학교 국어국문학과 졸업
2026년 『서울신문 신춘문예』 시조부문 당선

ryol2000@daum.net

1인칭의 저녁

땅거미가 내려오면 등줄기가 더 시리다
등 기댈 곳 하나 없는 앞뒤가 허방이라
가로등 불을 밝히는
저문 거리로 나선다

차디찬 바닥 짚고 맨몸으로 버틴 나날
퇴근족 틈에 서서 올려다본 하늘에는
아득한 허공을 뚫고
별 하나가 떠 온다

눈꽃 핀 나뭇가지 뼈가 시린 엄동에도
먼 봄을 채근하는 깃 고운 새는 있어
쇼윈도 마네킹들의
옷차림이 가볍다

꽉 막힌 네거리를 활짝 여는 초록 신호
자동차 불빛 따라 발걸음이 빨라질 때
언 강이 용틀임하듯
닫힌 문이 열린다

물 한 그릇의 사유

오래된 소갈증이 등걸잠을 들깨운다
자동차 불빛들이 창을 자꾸 가로지르고
목젖에 가시가 낀 듯
침샘마저 말라 있다

꿈결인 듯 희미하게 그늘을 두르고 앉아
미망迷妄을 다독이며 되새김하는 지난날
다시금 기억의 성소에
마중물을 붓는다

반쯤 빈 생수병에 차오르는 얼굴 하나
하늘로 떠난 그는 어느 별에 닿았을까?
삽시에 잠을 털어낸
물의 힘이 단단하다

재개발지구

털빛 뿌연 강아지가
폐가 앞을 서성거린다

눈 닿는 곳 어디에나 인적 끊긴 골목에는

불 꺼진 가로등 하나
장승처럼 지켜 섰다

한때는 얼굴값 했을
채송화며 맨드라미

잡풀 성한 마당 가에 먼지만 쓰고 앉아

다시 올 푸른 계절을
씨방 속에 담고 있다

포기 안 한 집념의 시간에 대한 하늘의 감응

돌아보면 참으로 길고도 지난한 여정이었습니다. '이제, 그만!'이라는 마음이 들 때마다 '갈 데까지 가 보자'라는 내 안의 또 다른 나와 싸워야 했습니다. '포기는 배추 셀 때나 하는 말'이란 소리를 믿고 싶었습니다. 늘 빙판 위에 선 듯 미끄러지고 넘어지면서도 아귀가 맞물려 돌아가는 정형의 말맛에 빠져 물러설 수 없었습니다. 가야 할 길은 먼데 해는 벌써 떨어지고 있는 상황에서도 할 수 있다는 신념 하나로 버틴 날들이었습니다.

더딘 걸음을 다그치고, 부족함을 담금질하며 언어와 시간을 엮고 또 엮었습니다. 10년이면 강산도 변한다는데, 그 강산이 변하고도 남았을 열병의 시간이 마침내 평온을 찾으려 하고 있습니다. 늦었지만 목마르게 갈고닦은 제 애착의 텃밭에도 환한 꽃이 피었습니다. 오늘의 영광은 그 포기하지 않은 집념의 시간에 대한 하늘의 감응이 아닐까, 생각합니다.

따뜻이 언 손을 잡아 주신 서울신문사와 심사위원 선생님께 두 손 모아 감사의 큰절을 올립니다. 우리 고유의 숨결이 담긴 정형시의 바른길로 이끌어 주신 민족시사관학교 윤금초 교수님과 '지금_여기'의 시 정신을 일깨워 주신 임채성 시인님께도 진심으로 감사의 인사를 드립니다. 오랫동안 얼굴을 맞댄 다정다감한 글벗이자 멘토이신 선배 문우님들께서 느긋이 기다려 주신 덕분이기도 합니다.

삶의 윤활유처럼 위로와 공감이 되는 가슴 따뜻한 시조를 쓰고 싶습니다. 고집스레 시간 가는 줄 모르고 먼 길을 휘돌아올 때 후줄근히 지친 마음을 다독거려 주는 가족이 있어 이제껏 버틸 수 있었습니다. 모든 것이 고맙고 느꺼울 따름입니다. 기쁨보다는 시인으로서의 무거운 책임감을 가지고 더 열심히 노력하겠습니다. 감사합니다.

긴 호흡 속에 서사 구성하는 능력 보여줘

2026년 서울신문 신춘문예 시조 부문에는 예년보다 훨씬 많은 응모작이 투고되었다. 심사위원들은 한 편씩 천천히 읽어 가면서 이들 시편이 저마다 개성적인 경험과 언어를 특권으로 삼고 있음을 실감할 수 있었다. 그 가운데 구체적 생활 경험과 상상력에 심의를 쏟은 시편들을 호의적으로 읽었고, 결국 시상의 구체성과 작품의 완결성 그리고 앞으로 시인으로 사는 삶을 이끌어갈 지속가능성 등을 두루 참작하여 이복렬의 '1인칭의 저녁'을 당선작으로 선정하게 되었다.

'1인칭의 저녁'은 땅거미 내려오는 저문 거리에 하루의 지친 삶을 내려놓는 이들의 구체적 내면을 형상화한 명편이다. 퇴근하는 이들 사이로 떠오르는 별 하나가 삶의 피로와 역방향에서 아름다운 대안 심상으로 찾아온다. 먼 봄을 채근하는 깃 고운 새의 심상도 마찬가지로 희망의 역동성을 파생시기면서 이들을 규율해 온 시간과 화해하는 과정을 그리고 있다. 언 강의 용틀임 속에서 닫힌 문이 열리는 이미지야말로 그것이 남겼을 희망의 잔상을 상상하게끔 해준다. 당선작은 비교적 긴 호흡 속에 이러한 서사를 구성하는 만만찮은 능력을 보여준 사례로서, 앞으로 훨씬 더 좋은 작품을 써갈 것을 예감하게 해 주었다.

　이 밖에도 구체성 있는 언어를 통해 자신만의 사유와 감각을 구축한 시편들이 많았다. 감각적 수사의 한 정점을 보여 준 '봄을 수식하다', 기억의 한 자락을 산뜻한 감각으로 쓴 '시간 밖을 걷다', 노동의 가치와 삶의 소중함을 노래한 '아비' 등이 최종적으로 논의되었음을 부기한다. 당선작은 언어 구사의 구체성과 완성도에서 좋은 점수를 받았다고 보면 될 것이다. 당선자에게 크나큰 축하의 말씀을 드리고 응모자 여러분께는 힘찬 정진을 당부드린다.

심사위원_유성호 문학평론가, 이근배 시인

프랙털

이수빈

2006년 출생
동탄국제고등학교 졸업
2026년 『조선일보 신춘문예』시조 당선

subin.me.yi@gmail.com

프랙털

빈 종이에 선을 그어 달력을 만들었다
허술한 약속을 칸에 넣기 위해서
직선은 고집이 세서 눈 맞춤이 어렵다

사는 건 계속해서 선을 긋는 일이야
글씨든 사람이든 전선이든 심전도든
타래가 끊기지 않도록 미로를 걷는 일

연속이 미분을 보장하진 않는다
끊어진 도함수로 숨 쉬어도 삶이라면
숫자를 훌쩍훌쩍 세자 하나둘셋 다섯여덟

사람들은 나에게 눈을 보라 다그친다
종이에는 달마다 이름이 적히고
끝없이 자신을 반복하는 눈송이가 쌓인다

이사금

떠난 이는 이름 대신 신발을 남겼어
그가 남긴 신발의 의미를 고민했지
맨발로 뛰어내려야만 갈 수 있는 바닥을

열쇠는 헛돌고 헛숨만 가쁘지만
사람은 부드럽지 단단한 구석 없이
안 맞는 신발을 신은 발바닥만 딱딱하고

우리가 흉터 없이 강 아래 침잠할 때
우리의 도시는 화석으로 남을까
교회 앞 아스팔트에 남은 사고의 잔해까지

그러니 베어 물어 이름이 남도록
열쇠도 신발도 땅속에 묻어두고
상처 위 엉성한 자국이 역사가 되게끔

이수빈 173

피노키오

귀 뒤에 버섯이 자라려는 모양이야
부풀지 않는 폐는 찌르는 듯 아프고
부러진 손가락 마디는 돌아오지 않는걸

속 보이는 거짓말에 가끔은 속아줘
언젠가는 들통날 비밀도 눈감아줘
입에 쓴 후회일지라도 꾹 참고 삼켜볼게

몰라도 되는 것과 알아야 하는 것을
사람들은 어떻게 나누는지 알려줘
영원히 자라지 않는 키 같은 것 말이야

약 먹는 걸 까먹은 건 일부러가 아니야
깜빡하지 말라고 먹는 약을 깜빡했을 뿐
그래서 할아버지 없는 걸 난 자꾸만 까먹고

"아직 써야 할 문장이 있다"
그 외침이 여기로 이끌어

작년 이맘때, 인왕산에서 "나는 아직 써야 할 문장이 있어"라고 말한 기억이 납니다. 발밑으로 훤히 보이는 서울 풍경에 잔뜩 겁을 먹고 외친 말이었지만, 항상 그런 마음으로 글을 써왔습니다. 여태 저는 써야 할 문장이 무엇인지 몰라 단어를 추리고 있습니다.

살아감에 있어 몇 없을 커다란 감동을 너무 이르게 맞는 것은 아닌지 걱정이 듭니다. 저의 서툶을 실감합니다. 그럼에도 제가 그어나갈 선이 긴 만큼 많이 읽고, 많이 쓰고, 많은 경험을 하겠습니다.

헤아릴 수 없는 은혜와 사랑을 받고 자랐습니다. 맛있는 게 생기면 누나부터 찾는 동생과 저의 자랑인 부모님, 사랑합니다. 타지에서 저를 보살펴주신 김옥성 할머니, 한결같은 응원 보내주신 김옥희 할머니와 고모 사랑합니다. 가장 먼저 제 글을 믿어주신 김상규 선생님, 당선 소감에 성함 적어달라고 하신 말씀이 저를 이곳으로 이끌었습니다. 감사합니다. 백승이 선생님, 양상욱 선생님과 이곳에 다 적지 못한 저를 만들어주신 모든 선생님, 감사하고 존경합니다. 깊은 고민을 함께 해준 윤나, 채윤이, 민송이, 주연이, 예은이, 예진이, 윤아, 서연이에게도 고마움을 전합니다. 친애하는 문예 동아리 '달을 쏘다'가 앞으로도 문학을 잃지 않는 이름이 되길 바랍니다.

이 설익은 마음이 누군가에게 다정한 눈 맞춤으로 전해진다면 기쁘겠습니다.

간명한 언어들로, 밀도 높은 정형 구축 …
발랄한 개성 돋보여

형식은 내용으로 새로워진다. 틀에 묶인 말들은 낡기 마련. 시조가 현대의 정형시임을 간과하지 않아야 답습을 타넘는다. 오래된 정형과의 밀당 속에서도 지금-여기의 인식과 감각을 지속적으로 찾아야 새로운 시조를 만난다.

늘어난 응모작에서 형식 미달부터 내리니 심사 대상이 좁혀졌다. 최종 남은 '반납예정일', '토스터 연습', '벽의 탁본', '빠가사리', '프랙털' 등을 거듭 읽으며 숙고에 들어갔다. '반납예정일'은 책에 감정을 엮어 기한과 반납이라는 나날의 성찰을 찬찬히 짚어냈고, '토스터 연습'은 토스터에 출근 전후의 표정을 이입하는 일상의 형상화가 산뜻했다. 벽에서 땜질과 묵은 때로 생의 단면을 톺아본 '벽의 탁본'과, 노가다 판에서 벗센 뼈의 시간과 노역을 건져낸 '빠가사리'도 피상적 언술을 넘어서는 구체성이 돋보였다. 이들을 훌쩍 제친 등장은 '프랙털'(이수빈)이라는 발랄한 개성이었다.

이수빈 씨는 장식적 수사를 배제한 간명한 언어들로 밀도 높은 정형을 구축한다. 삶의 이면을 꿰는 사유의 감각적인 압

축과 형식의 단단한 구조화는 모든 작품(8편)에서 고르게 나타난다. 형식에 매이지 않는 구(句)와 율(律)의 자연스러운 조율도 참신한 문장으로 이어진다. 간혹 어색한 구가 있지만, 각 수의 완결 속에서 시상을 한 편의 시조로 완성하는 정형 속의 고행을 잘 다져온 듯하다. '사는 건 계속해서 선을 긋는 일'이라는 자신의 통찰을 밀고 나가 '선에 갇히지 않는' 시조로 새뜻을 세우길 기대한다.

심사위원_정수자 시조시인

시 : 김남주 권라율 이형초 성유림 유주연
박은우 김유진 강하라 연우 사강은
시조 : 김순호 이복렬 이수빈

2026
신춘문예 당선시집

초판 1쇄 인쇄 2026년 1월 15일
초판 1쇄 발행 2026년 1월 20일

지은이 김남주 외
펴낸이 김정동
편집 김승현
디자인 최진영
홍보 김혜자
마케팅 최관호

펴낸 곳 도서출판 문학마을 (공급처 서교출판사)
주소 서울시 중구 충무로 49-1 죽전빌딩 2F 201호
전화 02 3142 1471(대)
팩스 02 6499 1471
이메일 seokyobook@gmail.com
블로그 http://blog.naver.com/seokyobooks
홈페이지 http://seokyobook.com
페이스북 @seokyobooks ｜ **인스타그램** @seokyobooks
ISBN 978-89-85392-09-9 (03810)

기획위원 김재홍·황유지·전철희(시인, 문학평론가)